第8回優秀作品

はがきの名文コンクール

はがき万葉集

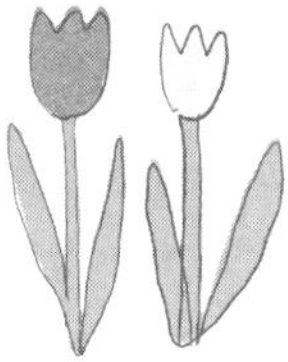

NHK出版

目次

hagaki column

＊作品は、作者のお名前の50音順に並べています。希望に応じてペンネームもあります。
＊都道府県名は応募はがきに書かれた住所から記し、年齢も応募時のものです。
＊改行は原文通りではなく、読みやすさを考えて編者が行なっています。

装幀　三村 淳

装画・挿画　丹下京子

撮影協力　米田 巧

畠中光炎

第8回

一言《ひとこと》の願い

ようこそ、はがきの名文コンクールへ

世界初の郵便はがきは、一八六九年にオーストリア＝ハンガリー帝国の郵便局で発売されました。日本での発売は四年後の一八七三（明治六）年に始まっています。欧米でも日本でも、便りといえばしっかり封をするものでしたから、通信文が丸見えのはがきには、抵抗感を持つ人も少なくなかったようです。けれど瞬く間に世界中に広がったのは、簡潔な形状で発信しやすく、封書より安価で、何しろ便利だからでしょう。

日本初のはがきからちょうど百五十年を経た今――。

通信手段の多くはさらに便利で格安な、メールやSNSになりました。情報のインフラは郵便からデジタルへ確実に移行しています。

そんな時代の流れに逆行するように、はがきにこだわったコンクールを昨年まで八回にわたって開催してきました。第一回は二〇一五年。それから回を重ねて、数えれば二十二万通近くのはがきを受け取り、読む機会に恵まれました。二十二万通！　一枚のはがきを三グラムとしても六百六十キロです。

その質量を手にしてきて、なぜ、はがきなんだろうと改めて思います。二十字以上二百字以内の短文なら、メールやSNSで充分受け取れますし、ひょっとしたらその方が応募数は増えるのかもしれません。――でも、何かが大きく、決定的に違うのです。

手書きの文字から多くの情報を得られるとか、文字と余白の配置に書き手の思考が読み取れるとか、はがきの利点を色々考えることは可能です。でも、私たちが感じる違いはそれらをひっくるめた何か。理屈のつけられないものだと思います。

コンクールに届くはがきの一枚一枚に、綴《つづ》られた文字以上の何かがこもっています。それはあくまで感じるもので、目には見えないので「これ」と取り出せないのですが、確かにあります。間違いありません。

この先、郵便の、ことに私信の領域は縮小していくのでしょう。郵便は物流に近いものに変わっていくのかもしれません。でもだからこそ、今。確かにあると感じるはがきの重みを大切にしたいと、私たちは考えています。

昨年開催した第8回コンクールにも一言の願いが綴られた、たくさんのはがきが届きました。本書はそのうちの受賞作と、惜しくも受賞を逃した最終候補作を合わせ、合計百三十一作を収載するものです。それぞれの作品を読むほどに、これは日本最古の和歌集「万葉集」に通じるのでは——と思い、「はがき万葉集」の副題を添えました。万葉集が身分を超えた多くの詠み手の和歌を収めて長く愛されてきたように、本書がさまざまな垣根を超えた共感の場となり、愛読されることを願って。

第9回はがきの名文コンクールを開催します。ようこそ、私たちのコンクールへ。

今年もあなたのはがきの重みを、心して受け止めます。

選考委員紹介

◉五木寛之《いつきひろゆき》（作家）

一九三二年、福岡県生まれ。生後間もなく朝鮮にわたり戦後、引き揚げ。早稲田大学露文科中退後、PR誌編集、作詞、ルポルタージュを手掛ける。六六年「さらばモスクワ愚連隊」で小説現代新人賞、翌年『蒼ざめた馬を見よ』で直木賞、七六年『青春の門　筑豊篇』ほかで吉川英治文学賞受賞。英文版『TARIKI』は二〇〇一年度「BOOK OF THE YEAR」（スピリチュアル部門銅賞）に選ばれた。〇二年菊池寛賞受賞。『親鸞』（一〇年刊）で毎日出版文化賞特別賞を受賞。『風に吹かれて』『戒厳令の夜』『風の王国』『蓮如』『大河の一滴』『百寺巡礼』など著書多数。二二年より芸術院会員。「五木寛之セレクション」はⅠ、Ⅱが既刊。

◉村山由佳《むらやまゆか》（作家）

一九六四年、東京都生まれ。立教大学文学部卒業。九三年「天使の卵　エンジェルス・エッグ」で小説すばる新人賞を受賞。二〇〇三年『星々の舟』で直木賞、〇九年『ダブル・ファンタジー』で柴田錬三郎賞、島清恋愛文学賞、中央公論文芸賞、二一年『風よ あらしよ』で吉川英治文学賞を受賞。著書は「おいしいコーヒーのいれ方」シリーズ、『放蕩記』『天翔る』『ミルク・アンド・ハニー』『星屑』など多数。近著に『Ｒｏｗ＆Ｒｏｗ』『ある愛の寓話』などがある。

日曜深夜のＮＨＫ‐ＦＭ「眠れない貴女へ」のパーソナリティも務める。

◉齋藤《さいとう》 孝《たかし》（教育学者、明治大学教授）

一九六〇年、静岡県生まれ。東京大学法学部卒業。東京大学大学院教育学研究科博士課程等を経て現職。専門は教育学、身体論、コミュニケーション論。二〇〇一年『身体感覚を取り戻す』で新潮学芸賞を受賞。同年に刊行された『声に出して読みたい日本語』はシリーズ二六〇万部を超えるベストセラーとなり、同著で毎日出版文化賞特別賞を受賞。ＮＨＫ‐Ｅテレ「にほんごであそぼ」総合指導。フジテレビ系「Live News イット！」「全力！脱力タイムズ」などテレビ出演多数。著書は『「伝える力」が伸びる！ 12歳までに知っておきたい語彙力図鑑』『いつも「話が浅い」人、なぜか「話が深い」人』『齋藤孝の大人の教養図鑑』など多数ある。

選考を終えて【最終選考会】

十月某日、都内の会議室に三名の選考委員が集います。一年ぶりですが、再会した途端に打ち解けて近況報告をなさいます。そして選考。順に「推し」を挙げていただきます。これがなかなか重なりません。そこで選考委員賞から決めていきます。大賞は議論が積み重なった会の終盤に、すっと決まりました。

八月三十一日に締め切ってから最終選考会まで一月余り。実行委員会スタッフ一同、二万余りの作品から慎重に百数十に絞り、選考委員にお渡ししました。どの作品も二名以上が読み、選び抜いたものです。選考委員は一定期間この最終候補作を読み、検討されて、最終選考会に臨まれたのでした。

実は一作だけ、三名揃《そろ》って推された作品があります。五木寛之賞の東山増子さんの作品。作品に書かれた歌謡曲を知る人には、とても魅力的です。でも、知らないと意味が取れなくなります。どうも四十代半ばより若い世代は知らないようです。三名揃ってとなれば大賞もあり得るのですが、「選考委員の年齢高すぎ！」と笑い合い、五木寛之さんが選考委員賞を贈ることになりました。

大賞が決まる経緯は、14ページでお伝えします。

最終選考会はいつも和やか。
はがき自体は貴重なものなので、選考委員にはコピーでご覧いただきます。
コピーですから筆跡もわかり、書き手を想像しておられるようです。

◉五木寛之さん

高齢大国日本の現実を映して、認知症や介護をテーマにしたはがきが多くありました。ただし、そうしたテーマを悲惨なものとしてではなく、明るく前向きに日常として捉えているところが特徴的だと思います。介護する人もされる人も、お互いにヒューマンな態度で接していることがわかって、家族の絆《きずな》はまだ残っていると感じました。一方、子供やヤング世代のはがきが少ない。若い人たちのはがきも読みたいですね。私たちが賞を贈る方々がその後、どんな人生を送っていくのかも見てみたい気がします。

【五木寛之賞受賞作について】

この作品を読んですぐにわかるのは昭和世代。私は作詞もしてきて、「昔の名前で出ています」の作曲家とも仕事をしているので、とても面白かった。家族の中で高齢の人ほどこの会話の面白さが伝わって、得意になれるのも悪くないのではないでしょうか。

◉村山由佳さん

第六回、そして第七回の応募作はコロナ一色の印象でしたが、ようやく落ち着いてきたようです。人々のたくましさの表れですね。一方、ウクライナ侵攻を受けて「戦争」について書かれたはがきが増えたとのこと。戦争体験者の記憶がフラッシュバックしたのかもしれません。今年の応募作にも影響が続くのではないでしょうか。

一枚の白いはがきに文章が綴《つづ》られれば、それはもう作品です。自分の作品として応募してほしい。十代、二十代頑張れ！　と期待しています。

【村山由佳賞受賞作について】

私は動物と子供に弱いのです。何度読んでも涙が流れ、身につまされる。「太一」が獣医になるまで、老犬リュウは待てないかもしれないという切なさも含めて胸が熱くなります。短い文章の中に家族の風景と子犬と出会ってからの十五年間が見えてくる作品です。

◉齋藤 孝さん

応募も受賞も女性の比率が高かった。男性は目の前のことに精いっぱいで文章を書く余力がないのでしょうか。一方、男女を問わず、親や祖父母を思う気持ちの強さに感じ入りました。これは若い世代にも共通しています。

ＳＮＳにばかり熱心な若い人たちには、自分の手で物としてのはがきに書き込むという習慣を身につけてほしいと思います。ＳＮＳで拡散するばかりではもったいない。形ある物に書いて残すことはとても大事です。はがきはそれに適しています。

【齋藤孝賞受賞作について】

読んで笑ってしまいました。笑いを表現する力がありますね。「ゲームきがあつい」や「たぶんじゅくはねている」は『吾輩は猫である』の猫にも通じる面白い捉え方。全体に軽快でスピード感があります。私としては、特に子供たちに応募してほしいものです。

第8回はがきの名文コンクール　大賞作品が決まるまで

大賞が決まったのは、最終選考会の終盤でした。それぞれの選考委員賞を贈る作品がスムーズに決まった後で、大賞候補としてお三方からいくつかの作品が挙げられました。それぞれについて議論された後、五木さんが「大賞は、読んだ多くの人が納得するものがいいと思う」と言われました。刺激的な作品よりも、一見平凡に感じるけれどもヒューマンで、普遍的なものがいい、と。その選考基準に村山さん、齋藤さんも賛同され、それまで話し合われた作品の中から、すっと吉村さやかさんの作品（16ページ）が浮上しました。「写真若すぎ！」って読んだ人がいろいろな場面で言うかもしれないね、と談笑しながら（10ページの「選考委員の年齢高すぎ！」の発言はそうした流れを踏まえたものです）。

この選考結果を参照されると、第9回コンクールでは「刺激的でなく、一見平凡でヒューマンな作品」を目指そうと思う方が少なくないかもしれません。でも、「刺激的でなく、一見平凡でヒューマン」は、目指そうとしても実現は相当に難しいものです。あくまでも、第8回コンクールではそう決まったと捉えた方がいいと思います。

最終選考会は生きもののようで、三名の選考委員と百数十の最終ノミネート作が響き合って受賞作が決まります。予測不能です。だからこそ、毎回異なる経緯で、異なるテイストの作品が大賞に輝くのでしょう。

2022年

第8回 はがきの名文コンクール

テーマ

一言《ひとこと》の願い

募集開始直前、元総理銃撃というショッキングな事件が起こりました。七月中旬から新聞に募集広告が掲載される予定でしたが、事件の影響で月末となり、募集期間は実質一か月余り。それでも二万以上の応募があり、感慨深く受け取りました。数多《あまた》のはがきから厳選された受賞作をご紹介します。

◉大賞

吉村 さやか さん（45歳・大阪府）

「私がもし死んだらこの写真をお葬式に飾って」が
口ぐせのたかゑおばあちゃん。
毎年70歳ぐらいから真剣に写真選びをし、周りから
「写真を選べるうちは元気やから大丈夫や」と言われ
元気に100歳を迎え、なんと内閣総理大臣からのお祝い状と記念品をもらい、
102歳で老衰。お葬式に飾ってあった写真は、
とてつもなく若い頃の写真でみんな爆笑。
神様、大好きなたかゑおばあちゃんに会わせて下さい。
「写真若すぎ」と言いたい。

「私がもし死んだらこの写真をお葬式に飾って」が口ぐせの
たかゑおばあちゃん。毎年70歳ぐらいから真剣に
写真選びをし、周りから「写真を選べるうちは元気や
から大丈夫や」と言われ元気に100歳を迎え、なんと
内閣総理大臣からのお祝い状と記念品をもらい、
102歳で老衰。お葬式に飾ってあった写真は、
とてつもなく若い頃の写真でみんな爆笑。
神様、大好きなたかゑおばあちゃんに会わせて下さい。
「写真若すぎ」と言いたい。

「読んだ方がくすっと笑ってくれるようなものが書けたらなと思って」作品を書いた動機を伺ったときの吉村さんの答えです。たかゑおばあちゃんの楽しい思い出を次々と披露してくださいました。その朗らかな終活を活写した吉村さんにはきっと明るい面を見ようとする眼《め》が受け継がれています。

【受賞の言葉】

私の人生は、虹のように色々な色で埋め尽くされているように思います。

今回「はがきの名文コンクール」で大賞を受賞させていただいたことで、金色が加わり更に色鮮やかな人生になりました。

祖母のお墓へ受賞報告に行った時、「よかったねぇ、おめでとう」そんな声が聞こえた気がしました。

幼い頃からの祖母との思い出が走馬灯のように蘇ってきて、まるで祖母に抱きしめてもらっているような、温かな気持ちに包まれました。色に例えると、これはバラ色かな。

受賞したはがきの内容に、多くの方が共感してくださった事を、嬉《うれ》しく思いました。

一枚のはがきのお陰で、自分に自信が持てるようになり、この日を境に、見慣れた風景も、違って見えるようになりました。

マスクを外して、思いっきり深呼吸したら、木々の緑や青空、道端の小さな黄色の花達がとても美しく見え、活力が湧いてくるのを感じました。

皆さまの人生も、カラフルな色で輝きますように願っています。

●表彰式の吉村さやかさん

周囲の人がいつの間にか微《ほほ》笑《え》むような、朗らかで優しい雰囲気の吉村さん。表彰式にはお母様とご参加。ペールピンクのドレスがよくお似合いです。

吉村さんは、はがきの名文コンクールのために、なんと、テーマソングを作ってくださいました。曲名は「はがきを出そう」。

表彰式当日。実行委員会スタッフが起こした譜面でピアニストの金子智瑞子さんが伴奏して、ステージ上の吉村さんがこの歌を披露してくださいました。

吉村さんが書かれた歌詞は、次のページのコラムでご紹介します。

コラム❶ 歌になったはがき

前のページに記した通り、大賞を受賞した吉村さやかさんがコンクールのためにプレゼントしてくださった曲、「はがきを出そう」の歌詞をご紹介します。

この歌は、文字通り、サプライズプレゼントでした。大賞受賞者にはいつも協賛社の方々の前でスピーチをお願いするのですが、その中で吉村さんは突然歌いだされました。コンクールがずっと続きますようにとの、温かなメッセージとともに。

メロディーは、第9回コンクールで受賞される方々にご披露することにしましょうか。

この曲は私たちの宝物。吉村さんとは昨年初めてお会いしましたが、まるでずっと以前からご存じだったかのように、コンクール開始以来の願いを歌詞に織り込んでくださったのでした。

そう。「あなたの願いが叶いますように　そっと応援しています」。

はがきを出そう

はがきの名文コンクール
あなたの願いが届きます
はがきの名文コンクール
あなたの願いが叶いますように
そっと応援しています
今まで色んな事があったでしょう
つらい事や悲しい事もあったでしょう
それでも今あなたは生きている
それだけで素晴らしい
今日も生きている事に感謝しよう
はがきの名文コンクール
あなたの願いが届きます
はがきの名文コンクール
あなたの願いが叶いますように
そっと応援しています

◉佳作　10作

〈コロナの夏〉も三度目。募集開始の頃に第七波に入ったとされました。
感染力の強いウイルスへの置き換わりが進んでいたのです。
実行委員会スタッフは前回同様、感染対策をしつつ選考に勤しみました。
一年目、二年目と同じようにコロナ終息を願うはがきも多くありました。
また、世界中が衝撃を受けたロシアによるウクライナ侵攻を案じて、
平和を祈るはがきもたくさん届きました。変化していく世界の片隅で、
「一言の願い」として綴《つづ》られる家族への思いや日常の一コマ――。
そうしたものがどれほど大切かを教えてくれる、佳作10作です。

◉五木寛之賞

東山《ひがしやま》 増子《ますこ》さん（75歳・愛知県）

重度の脳梗塞で入院中の夫と久々の面会
その日付き添って下さった　しのぶさんという看護師さんは
自分の名札を見せて「ご主人が私の名前を（きょうと）って読んだので
私ひらめいてじゃあ神戸は？　と聞いたら
（な、ぎ、さ）ってゆっくり嬉《うれ》しそうに言ったんですよ」
とんち問答みたいなこの話は夫の十八番
「昔の名前で出ています」と、わかった
ああ　茶目っ気は健在だった　きっと心で歌ってる
私も台所で歌うからね
明日も平穏な心持であってほしい

重度の脳梗塞で入院中の夫と久々の面会
その日付き添って下さった　しのぶさんという看護
師さんは自分の名札を見せて「ご主人が私の名前
を（きょうと）って読んだので　私ひらめいて　じゃあ
神戸は？と聞いたら（な、ぎ、さ）って　ゆっくり
嬉しそうに言ったんですよ」
とんち問答みたいなこの話は夫の十八番で昔の
名前で出ています」とわかった
ああ　茶目っ気は健在だった　きっと心で歌ってる
私も台所で歌うからね
明日も平穏な心持ちであってほしい

コロナ禍にあって面会がままならなかった日々。看護師のしのぶさんの機転は東山さん夫妻の心をつなぎました。思いやりがいかに優れた良薬かを教えてくれます。表彰式で他の受賞者にもさっと手を差し伸べていらした東山さんの姿には同種の優しさが感じられ、温かな気持ちになりました。

◉村山由佳賞

秦《はた》 貴子《たかこ》さん（58歳・石川県）

犬・猫の殺処分のドキュメンタリー番組を見て大泣きした息子は、
二年間誕生日プレゼントを辛抱し、
保健所から一匹の子犬を救出した。
生後三ヶ月で捨てられた雑種犬に息子がつけた名前はリュウ。
息子は、大雨の日も、雪が降り積もる日も、受験当日も
リュウの散歩を欠かさず、来春、獣医学部を卒業する。
耳も遠くなり、一日の大半を寝て過ごすようになった老犬リュウも
もうすぐ十五歳。
あと数年したら太一が診てくれるよ。
それまで元気でいてね。

犬猫の殺処分のドキュメンタリー番組を見て大泣きした息子は、二年間誕生日プレゼントを辛抱し、保健所から一匹の子犬を救出した。

生後三ヶ月で捨てられた雑種犬に息子がつけた名前はリュウ。

息子は、大雨の日も、雪が降り積もる日も、受験当日もリュウの散歩を欠かさず、来春、獣医学部を卒業する。

耳も遠くなり、一日の大半を寝て過ごすようになった老犬リュウももうすぐ十五歳。

あと数年したら太一が診てくれるよ。それまで元気でいてね。


Twitterで作品を紹介すると、たちまち反響続々。村山由佳さんのつぶやきに愛犬家の馳星周《はせせいしゅう》さんが投稿すると「いいね」のカウントがみるみる上昇。いわゆる〈バズる〉状態になりました。それほどリュウと太一さんとの15年の交流は人びとの胸を打つもので、秦さんはそれを巧みに捉えました。

◉齋藤 孝賞

植木《うえき》 舞衣《まい》さん（8歳・埼玉県）

「今年の夏は協力しようね」
お母さんが言いました。兄ちゃんがじゅけん勉強するそうです。
夏休みまで勉強するの？　あの兄ちゃんが？
じゅけんってそんなに大変なの？　はてなマークだらけです。
どこにも行けない夏はつまらない。
だからわたしは言います。
兄ちゃんは勉強をしているふりをしています。
ゲームきがあつくなっています。
おそくまでおきていて、たぶんじゅくはねています。
だからお母さんどこかに行こう。
兄ちゃんは本気だせ。

27　佳作

「今年の夏は協力しようね」
お母さんが言いました。兄ちゃんが
じゅけん勉強するそうです。
夏休みまで勉強するの？
あの兄ちゃんが？
じゅけんってそんなに大変なの？
はてなマークだらけです。
どこにも行けない夏はつまらない。
だからわたしは言います。
兄ちゃんは勉強をしているふりを
しています。
ゲームきがあつくなっています。
おそくまでおきていて、たぶん
じゅくはねています。
だからお母さんどこかに行こう。
兄ちゃんは本気だぜ。

表彰式では大賞、選考委員賞の受賞者がスピーチをします。植木さんはすっくとマイクの前に立ち、メモも見ずによどみなく語り、拍手を浴びました。そんな妹を見守る客席の兄。この春、見事に桜を咲かせた兄ちゃん。さては本気を出しましたね！妹のクールな激励も力になったことでしょう。

市川 千恵さん（77歳・兵庫県）

「生きてもええか」「まだ生きててもええか」

ヘルパーの講習会で聞いた、ある老人施設での話に
私はショックを受けた。必死で涙を怺《こら》えた。

「ええよ、ええよ、生きてててええのよ」と、叫びたかった。

後期高齢者となった今、
四十年前に脳裏に焼きついた、その言葉が蘇る。

「生きてもええか」。

なんと切なくなんとかわいい言葉だろう。

高齢化がすすむ日本。

老人が安らかに暮らせる社会であることを祈らずにはいられない。

「生きてもええか」「まだ生きててもええか」
ヘルパーの講習会で聞いた、ある老人施設での
話に私はショックを受けた。必死で涙を怺えた。
「ええよ、ええよ、生きててええのよ」と、
叫びたかった。
後期高齢者となった今、四十年前に脳裏に
焼きついた、その言葉が蘇る。
「生きてもええか」。なんと切なくなんと
かわいい言葉だろう。
高齢化がすすむ日本。老人が安らかに暮
らせる社会であることを祈らずにはいられない。

市川千恵（女）77才

高齢社会の不安と希望が描かれ、胸がつまります。生きてもええか──痛切な問いを「なんと切なくなんとかわいい言葉」と書くに至った市川さんの心境をさまざまに想像し、最後の一文を読みつつ、共に祈ることになるのです。生きててええのよと、みんなが当たり前に思っていられるように。

大藤《おおふじ》 早苗《さなえ》さん（71歳・広島県）

人生百年時代を迎え、70歳を過ぎた私も、未《いま》だコンビニで働いている。
毎朝、身体のどこかが不調だが、
職場に行くと、不思議とスイッチが入る。
酒、タバコを買われる高齢者に、年令確認の画面にタッチをお願いすると
「俺が、未成年に見えるか」と一喝
「いえいえ、見方次第では、見えない事もないですよ」
と大爆笑。そんな会話も楽しみの1ツである。
一日も長く、働けます様に。
神様、私に強大な筋力と、少しの金力を与えて下さい。

人生百年時代を迎え、70歳を過ぎた
私も、未だコンビニで働いている。
毎朝、身体のどこかが不調だが、職場
に行くと、不思議とスイッチが入る。
酒、タバコを買われる高齢者に、年令確認
の画面にタッチをお願いすると、
「俺が、未成年に見えるか」と一喝
「いえいえ、見方次第では、見えない事もないですよ」
と大爆笑。そんな会話も楽しみの一つである。
一日も長く働けます様に。
神様、私に強大な筋力と、少しの
金力を与えて下さい。

「見方次第では、見えない事もないですよ」との大藤さんの朗らかな切り返しを選考委員の三人は、楽しみながら読んでいました。軽やかに描かれたコンビニの一コマですが、完成までしばらくは、寝ても覚めても文章を考えました、と大藤さん。軽快な作品の陰には真剣な努力有り、です。

木村 武雄さん（69歳・兵庫県）

友よ、お前はアホか。
賀状終いなんて誰に言っているんだ。
お互い退職し、年に一回会うこともなくなったが、
お前の存在確認ができないではないか。
俺の存在確認はどうするんだ。
「自惚《うぬぼ》れるな、比重が違うんだ」
と言われれば仕方ないが、取り敢えず俺は出し続けるよ。
高校受験の時、切磋琢磨《せっさたくま》した記憶が今も鮮明に残っている。
だから、俺の存在は通知するよ。

友よ、お前はアホか。

賀状終いなんて誰に言っているんだ。お互い退職し、年に一回会うこともなくなったが、お前の存在確認ができないではないか。俺の存在確認はどうするんだ。

「自惚れるな、比重が違うんだ」と言われれば仕方ないが、取り敢えず俺は出し続けるよ。高校受験の時、切磋琢磨した記憶が今も鮮明に残っている。だから、俺の存在は通知するよ。


第２回コンクールの最終候補作になられて以来、作品集収載は四度目。毎年数十通のはがきに全部違う願いごとを書いて応募しつづけてくださった木村さんの受賞に、実行委員会一同も大いに沸きました。初対面なのに旧知のように感じたのは、過去の作品からお人柄を想像していたためです。

並川《なみかわ》 節二《せつじ》さん（86歳・徳島県）

小学四年の時、山陰の或《あ》る町で、
先の戦争の敗戦が間近に迫っていた。
私たちは空腹との戦いであった。
学校へ手の平に隠れるくらいの小さな蒸した薩摩芋《さつまいも》を
一つ持たせてくれた。昼、それを食べ始めると
弁当の無い、腹をすかせた級友の人垣で薄暗くなり、
その中から無数の手が机上に捨てた芋の皮を奪いにきた。
神様！　私はこの光景の悲しさ、哀れさが忘れられない。
神様の懐の消しゴムで、この黒い記憶を消して下さい。
お願いします。

小学四年の時、山陰の或る町で、先の戦争の敗戦
が間近に迫っていた。私たちは空腹との戦いであった。
学校へ手の平に隠れるくらいの小さな蒸した
薩摩芋を一つ持たせてくれた。昼、それを食べ
始めると弁当の無い、腹をすかせた級友の人垣
で薄暗くなり、その中から無数の手が机上に
捨てた芋の皮を奪いにきた。
神様、私はこの光景の悲しさ、哀れさが忘
れられない。神様の懐の消しゴムで、この黒い
記憶を消して下さい。お願いします。

選考委員が口々に「薩摩芋」と符丁で何度も話題にしたほど強い力を持った作品です。明るい夫人、優しい息子さんと共に表彰式に参加されました。堂々とした並川さんのたたずまいと、並川さんが消したい黒い記憶を、私たちは決して忘れまいと思います。それがこの作品への称賛だろう、と。

樋口 哲二さん（61歳・千葉県）

今年、妻の希望で、元子供部屋を妻に、二人の寝室を私にと、
自分達の部屋をつくった。
別々にテレビを見て眠りについている。
部屋はＬＤＫを挟んで３ｍ程の距離で私は寂しい。
うちの猫は、私から30㎝程の距離で寝ているが、
調べると信頼はあるが、放っておいてほしい行動とのこと。
今の妻は猫と同じかなと希望的に思っている。
私はテレビを一緒に見て、寝室も同じがいい。
神様、急ぎませんので元に戻れますようお願いします。
勿論《もちろん》、それに向けて努力します。

昨年、妻の希望で、元子供部屋を妻に、二人の寝室
を私にと、自分達の部屋をつくった。別々に
テレビを見て眠りについている。部屋は
LDKを挟んで3m程の距離で私は
寂しい。うちの猫は、私から30cm程の距離
で寝ているが、調べると信頼はあるが、放
っておいてほしい行動とのこと。今の妻は猫
と同じかなと希望的に思っている。私は
テレビを一緒に見て、寝室も同じがいい。
神様、急ぎませんので元に戻れますよ
うお願いします。勿論、それに向けて
努力します。

表彰式には作品にご登場の「妻」と参加。仲睦まじいご夫婦とお見受けしました。村山さんが選考会で取り上げ、努力の問題ではないと思いますけどね、とコメントされましたが、奥様、いかがですか？妻と猫を比べて、３ｍと30㎝という距離の対比を用いるなど、小気味のよい展開が奏功した作品。

森久保 宗弘さん（89歳・広島県）

ピカドンが落ちた日のことを思やなんでもできる――
そう思うて八九まで生きてきたが、
またピカドン落ちるんかいのー
ひ孫が生まれたばっかりなんじゃがのー
あの日、見た子供たちのように
丸こげにならんように、たのみます。
まっくろになった、かあちゃんの乳を飲みよった
あかごの泣き声がまだ聞こえてくるようじゃ。
みかたの子供たち、敵の子供たち
みんな大切な子供たちじゃけぇ。
みなさん、平和をたのみます。

ピカドンが落ちた日のことを
思やなんでもできるー
そう思うて　八九まで生きて
きたが、
またピカドン落ちるんかいのー
孫が生まれたばっかりなんじゃがのー
あの日、見た子供たちのように
丸こげにならんように、たのみます。
まっくろになった、かあちゃんの乳を
飲みよったあかごの泣き声が
まだ聞こえてくるようじゃ。
みかたの子供たち、敵の子供たち
みんな大切な子供たちじゃけぇ。
みなさん、平和をたのみます。

ウクライナ侵攻、大統領による核爆弾使用の示唆など世界中が不安に苛《さいな》まれる中、「ピカドン」を体験された森久保さんが刻んだ言葉はずっしりと重く、心の深いところで響き続けます。「平和をたのみます」との願いを受け止めるべきは、私達すべてです。ご一緒にくり返し読みましょう。

矢作《やはぎ》 向日葵《ひまり》さん（12歳・東京都）

ママは「うちはうちよそはよそ」ってよく言う。
みんな、スマホ持ってるから買って　て言っても
「うちはうちよそはよそ」
みんなは月に決まった額のお小遣いなのに
うちは自分でお手伝いした分だけ額。
なのに、家でゴロゴロしてると「勉強しなさい」
「どうしてみんなはしてるのに出来ないの」って言ってくる。
どうしてつごうの良い時だけ周りと比べるのだろうか？
だから私の願いはママが、周りのみんなと比べないことだ。

ママは「うちはうちよそはよそ」ってよく言う。
みんな、スマホ持ってるから買ってって言っても
「うちはうちよそはよそ」みんなは月に決まった額の
お小遣いなのにうちは自分でお手伝いした分だけ
額。なのに、家でゴロゴロしてると「勉強しなさい」
「どうしてみんなはしてるのに出来ないの」って言って
くる。どうしてつごうの良い時だけ周りと比べるの
だろうか？だから私の願いはママが、周りの
みんなと比べないことだ。

第8回コンクールの締切は8月31日。夏休みの最終日でもありました。矢作さんはこの作品を31日に「チャチャッ」と書いたのだとか。それが逆に勢いを生んだのか、キレのいい文章です。二度の「うちはうちよそはよそ」がリズミカル。表彰式にはママとパパ、妹と参加されました。

コラム❷ 150年目のはがき

二〇二三年は、はがきにとって特別な年。日本ではがきが使われるようになって百五十年の節目だからです。

その大元である日本の郵便制度を築いた人、前島密《まえじまひそか》がどんな人物かをご存じですか?

江戸時代の終わり頃、雪深い越後(新潟)の豪農の家に生まれました。若い頃から全国を旅して蘭学《らんがく》や蒸気船の操縦法、オランダ語や英語を習得しながら幕末の荒波を潜り抜け、その優秀さを買われて新政府に出仕しました。明治三(一八七〇)年のことです。

新政府は何しろ、すべてにおいて新しい社会を創らなければなりませんでした。前島密が着目したのは、情報伝達の仕組みです。江戸時代にも飛脚がいましたが、書状を紛失したり、金額が高かったり、目的地によって価格もまちまちだったりして、近代国家の情報網としては甚だ心許《こころもと》ない有り様でした。前島密は才覚と情熱でもって難事を乗り越え、まずは東京—京都—大阪間での手紙の収集、運搬、配達に成功します。次に下関まで、さらに高松から宇和島まで延伸しました。これが出仕した年のことなのですから、そのスピードに驚かされます。

「郵便」という名称を生み出したのもこの人ならば、「手紙」という呼び名を作り出したのもこの人。前島密は今、「近代郵便の父」と呼ばれています。

破竹の勢いで郵便の仕組みを創り上げていった前島密ですが、皮切りの東京—京都—大阪間の成功を実際には見ていません。上司（大隈重信《おおくましげのぶ》）の命《めい》で、ロンドンに渡っていたからです。

渡英の目的は金融問題の解決でしたが、仕事の合間を縫って前島密はロンドンの郵便事情を視察しました。イギリスは世界に先駆けて近代郵便の制度を実現した国ですから、さぞ刺激を受けたことでしょう。

そこで前島密の目に留まったのが、ポストカード。低額の簡易郵便として広く利用され始めていました。これは郵便制度の社会への定着を早めるに違いないと、明治六年に日本最初のはがきが発行されるに至りました。はがき第一号は、世界にも類を見ない二つ折り。当時の日本には厚い紙を作る技術がなかったため、二つ折りで強度を増そうとしたようです。片面に宛所、内側に便りを書くものでした。一枚の紙片をはがきとしたのは、明治八年のことです。「はがき」という名称を用いたのは、青江秀《あおえひいず》という人だそうです。阿波（徳島県）生まれで、やはり明治政府に出仕した役人。前島密はイギリスで耳にした「カード」でいいのではないか、と思っていたとか。そこへ青江秀の進言があり、郵便はがきの名称が定まったと、後年、前島密本人が回想しています。

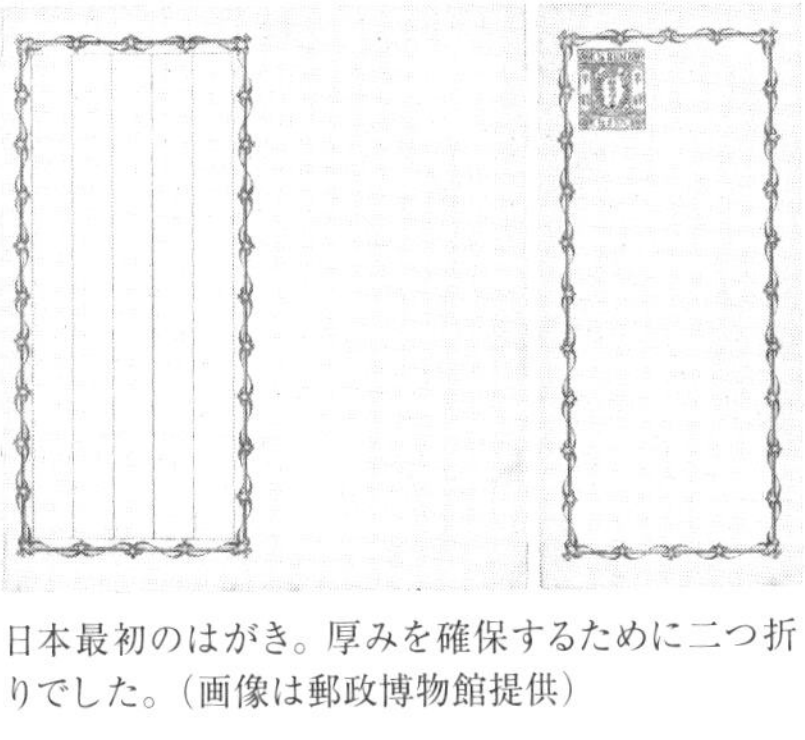

日本最初のはがき。厚みを確保するために二つ折りでした。（画像は郵政博物館提供）

hagaki column

「はがき」を漢字で書くときは葉書とすることが多いですが、端書と書く場合もあるのではないでしょうか。「郵便」同様、もともと日本語には「葉書」という語はありません。はがきが誕生した当初、端書＝はしがきという表記の方が人びとにはわかりやすく、多くはこの字で記されていたようです。ただ前島密は、はがきはそもそも「葉書」だと語っていたらしく、理由を述べた資料があれば面白かったかもしれません。

その理由として、多羅葉《たらよう》という植物を語源とする説があります。長軸が十数センチの楕円形の葉を持つ常緑高木です。葉の裏側に先のとがったもので文字を書くと、その跡がくっきりと黒く残ります。葉そのものを葉書と見立て、「はがきの木」「郵便の木」と呼ばれることもあるそうです。果たして前島密は多羅葉のことを知っていたのでしょうか。確かめるすべはありませんが、想像を膨らませられる植物ではあります。

それから三十年近くが過ぎて、明治三十三年、私製はがきの使用が認められるようになり、絵はがきが盛んに販売されるようになりました。名所はがきや美人はがきなんてものも。年賀状はそれまでの書状でなくはがきになってから、激増したそうです。

こうしてはがきの歩みをふり返ると、今年百五十年目を迎えたはがきこそが、私たちのコンクールの源だと実感します。

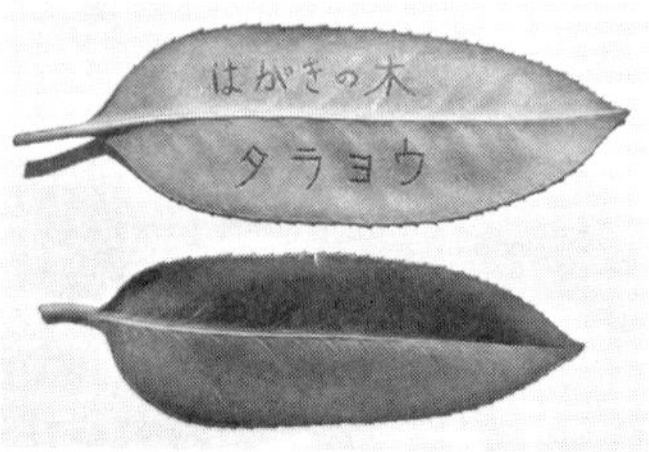

多羅葉の葉っぱ。裏側にとがったもので字を書くと、黒く跡が残ります。

◉日本郵便大賞　10作

はがきは個人情報が丸見えで心配――
コンクールが回を重ねるにつれ、
そんな声を耳にすることが増えたような気がします。
一方、ネット上では意外に無防備になりがちです。
位置情報さえ知らせてさまざまな検索をしますし、メールアドレスも
多くのサイトで明かします。考えてみれば心配の種は尽きません。
実は、人から人へと繋《つな》がる仕組みは堅固なものです。
虚心にこの仕組みを眺めれば、はがきの信頼性は今も相当に高い。
「手から手へ」のリレーで届いたはがきから、10作が選ばれました。

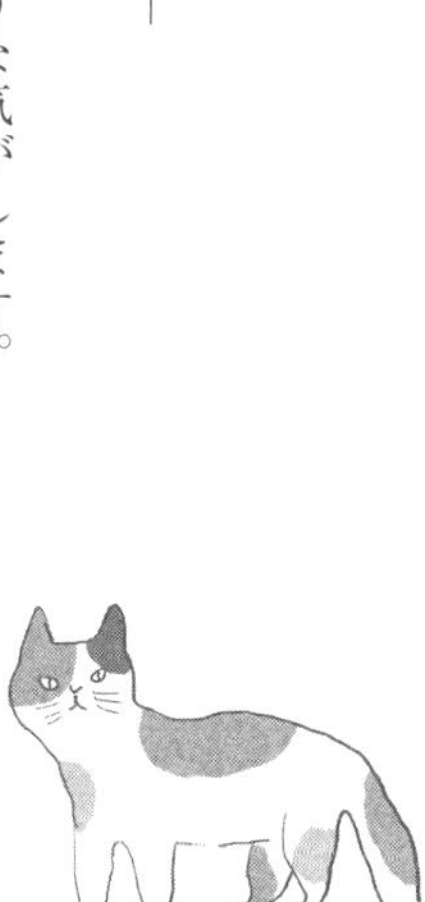

阿部誠一さん（68歳・埼玉県）

非常勤講師として小学校勤務初日。
「じいじ」と廊下ですれ違いざま大声で
1年生の孫が声をかけてきました。
おまけに周りの子に「うちのじいじだよ」と教えています。
あれほど「学校では先生と呼ぶんだよ」と話していたのですが、
孫はお構いなしに笑顔で「じいじ」を連発。
嬉《うれ》しい響きではあるのですが
「先生だからね」と優しく言い続けています。

非常勤講師として小学校勤務初日。「じいじ」と廊下ですれ違いざま大声で1年生の孫が声をかけてきました。おまけに周りの子に「うちのじいじだよ」と教えています。あれほど「学校では先生と呼ぶんだよ」と話していたのですが孫はお構いなしに笑顔で「じいじ」を連発、嬉しい響きではあるのですが「先生だからね」と優しく言い続けています。

とにかく孫が可愛《かわい》くて、と相好を崩しておられた阿部さん。先生の「じいじ」とすれ違う学校で、お孫さんはこの春、２年生になられました。今は「じいじ」先生をどんな風に友達に紹介しているでしょう。今年はぜひ、祖父と孫おふたりで応募してください。お待ちしています。

安藤《あんどう》 葵里香《きりか》さん（21歳・静岡県）

彼女が私の住む寮にやってきた時、
私の心は喜びに満ちていましたが、同時に不安でもありました。
彼女の故郷は戦争をしていたからです。
でも、彼女は寂しそうな素振りを少しも見せませんでした。
よく笑い、皆に優しく、夜遅くまで話したり、
「これ何!?」と蒟蒻《こんにゃく》を珍しがって食べたり、一緒に朝日を見たりもしました。
ただ一度、テレビから流れた映像を見て、顔を覆った彼女の姿を見ました。
どうか、一日でも早く、
彼女が安心して故郷に帰れる日が来ますように。

彼女が私の住む寮にやってきた時、私の心は喜びに満ちていましたが、同時に不安でもありました。彼女の故郷は戦争をしていたからです。でも、彼女は寂しそうな素振りを少しも見せませんでした。よく笑い、皆に優しく、夜遅くまで話したり、「これ何!?」と蒟蒻を珍しがって食べたり、一緒に朝日を見たりもしました。ただ一度、テレビから流れた映像を見て、顔を覆った彼女の姿を見ました。

どうか、一日でも早く、彼女が安心して故郷に帰れる日が来ますように。

ウクライナ侵攻を踏まえて、平和を願うはがきが何通も届きました。その中でこの作品の「彼女」をかの地の人と早合点しがちですが、実はロシアからの留学生。安藤さんは敢えて伏せ、読み手に委ねようと考えたそうです。侵攻は両国の悲劇。そう教えてくれた安藤さんは春から社会人です。

梅田 奈美さん（55歳・奈良県）

「酒…」
長い間寝たきりだったNさんが切れ切れに発したこの言葉から
病棟で「Nさんプロジェクト」発足！
内科医を説得、許可をもらい、家族にも協力してもらって、
大好きだった「黒霧島」をコップでちびり…
何と、低かった酸素飽和度が上がり、顔色がほんのり桜色に
「生」の輝きを見せてもらえた瞬間でした。
あの時の満足気な表情が忘れられなくて
私達ナースは今日も患者さんの「願い」を受信すべく、
心のアンテナを立てて働きます。

一言の願い

「酒…」
長い間 寝たきりだったNさんが 切れ切れに
発したこの言葉から 病棟で「Nさんプロジェクト」
発足！
内科医を説得、許可をもらい、家族にも
協力してもらって、大好きだった「黒霧島」を
コップで ちびり…
何と、低かった酸素飽和度が上がり、顔色が
ほんのり桜色に
「生」の輝きを見せてもらえた瞬間でした。
あの時の満足気な表情が忘れられなくて
私達ナースは今日も、患者さんの「願い」
を受信すべく、心のアンテナを立てて働きます。

200字足らずで書かれたこの場面には、酒を愛したNさんの人生と梅田さんの看護師マインドが交差しています。「生」の輝きを見逃さず、患者さんの願いごとを受信しようとする志の清々しいこと。表彰式には同じ仕事を選んだ息子さんがサプライズで参加されました。お二人にエールを送ります。

大藪《おおやぶ》 猛《たけし》さん（82歳・千葉県）

「老爺《ろうや》の嫉妬心」

私はこの十二月八十三才になる。
同じ歳《とし》の家内は認知症になって久しい。
家内には私と一緒になる前　付き合っていた男性がいたらしい。
最近その彼と私を間違えるのである。
はじめは誰のことか分からなかった。
だが、今は分かっていても返事をしている。
家内が嬉《うれ》しそうにするからである。
家内はずっと彼のこと　心の奥に秘めていたのだろうか。
今日も朝から複雑な心境で返事をしています。

「老爺の嫉妬心」
私はこの十二月八十三才になる。同じ歳の
家内は認知症になって久しい。家内には
私と一緒になる前付き合っていた男性が
いたらしい。最近その彼と私を間違え
るのである。はじめは誰のことか分からなかった。
だが今は分かっていても返事をしている。
家内が嬉しそうにするからである。
家内はずっと彼のことを心の奥に秘めていた
のだろうか。今日も朝から複雑な心境で
返事をしています。

困惑の状況。それでも「家内」に返事をするのが、老爺の器量なのかもしれません。式典に参加した大藪さんは飄々《ひょうひょう》としておられ、そこにもまた、器の大きさが感じられました。現在恋愛中の人たちが何十年か後のことを想像するきっかけとしても、本作を広い世代で共有できたらと思います。

齋藤《さいとう》 昭人《あきひと》さん（46歳・神奈川県）

薄毛の問題に直面しております。
父も祖父もツルッツルで、隔世遺伝もへったくれもありません。
つい先日、祖母のウィッグ疑惑も判明致しました。
まさに四面楚歌、八方塞がり、現実頭皮？　できません。
とはいえ、血筋を恨む気は毛頭ございません。
猫の手ならぬ、猫の毛も借りたい、一毛不抜の思いです。
毛根なことも言ってられません。
引かれる後ろ髪も少ないので、願いを毛紙、いや手紙に託し、一言。
「生えてきて。」
神頼みならぬ、髪頼みです。

薄毛の問題に直面しております。父も祖父もツルッツルで、隔世遺伝もへったくれもありません。つい先日、祖母のウィッグ疑惑も判明致しました。まさに四面楚歌、八方塞がり、現実頭皮？できません。とはいえ、血筋を恨む気は毛頭ございません。猫の手ならぬ、猫の毛も借りたい、一毛不抜の思いです。毛根なことも言ってられません。引かれる後ろ髪も少ないので、願いを毛紙、いや手紙に託し、一言。「生えてきて。」
神頼みならぬ、髪頼みです。

齋藤さんは受賞作の他にもタッチの異なる秀作を複数応募。甲乙つけがたい巧さでしたが、今回は駄洒落《だじゃれ》連発の爆発力が受賞を勝ち取ったようです。高速回転の頭脳をお持ちで、周囲への気配りも非常に濃《こま》やか。そのきめ細かな観察眼で、今年もぜひ応募してください。期待が募ります。

須藤《すどう》 慶子《けいこ》さん（77歳・埼玉県）

「もしもしお母さん」と娘のはずんだ声
「家の片づけをしたらあの机がでてきたの」
その机は娘の長男の入学祝に亡くなった夫が手作りしておくったもの。
「それでね、机の裏を見たらお父さんの字で
『祝・学ぶは人となる』と書いてあったの」
夫はたいそうきびしい父親であった。
そんな父に娘は反発し続けた。
時がたち今やっと父から娘へエールが届いた。
あなた、なかなかいい事　書いたじゃない！　ありがとう。
又、時々、娘に手紙　おくってください。

「もしもしお母さん」と娘のはずんだ声
「家の片づけをしたらあの机ができたの」
その机は娘の長男の入学祝に亡くなった夫が
手作りしておくったもの。「それでね、机の裏を
見たらお父さんの字で『祝・学ぶは人となる』
と書いてあったの」夫はたいそうきびしい父親で
あった。そんな父に娘は反発し続けた。時がたち
今やっと父から娘へエールが届いた。あなた、
なかなかいい事書いたじゃない!、ありがとう。
又、時々娘に手紙おくってください。

時空を超えて届いたメッセージ。机を受け取った須藤さんのお孫さんにも祖父の激励として響いたのではないでしょうか。父母、子、孫へリレーのように言葉を受け渡していけるのが「手紙」なのかもしれません。表彰式後は娘、妹、姪と4人で古都を旅したそうです。

瀬田川《せたがわ》 優《ゆう》さん（20歳・岐阜県）

プールの授業は好きじゃなかった。
日焼けはするし、着替えは面倒。
冷たすぎるシャワーを浴びて、十秒消毒槽に浸《つ》かり、
地獄の釜のように熱せられた地面を歩く。
唇が真っ青になって、ガチガチと歯を鳴らすほど寒い日もあった。
そんなプールの授業を終えた後。
まだ濡《ぬ》れている髪をタオルに包みながら、
ヘトヘトになって木の香る机に頬を寄せる。
心地よい扇風機の音が風と共に私たちを撫《な》でる。
面倒くさくて愛しかった日々。
もう一度あの日々に戻れたなら、

プールの授業は好きじゃなかった。日焼けはするし、着替えは面倒。冷たすぎるシャワーを浴びて、十秒消毒槽に浸かり、地獄の釜のように熱せられた地面を歩く。唇が真っ青になって、ガチガチと歯を鳴らすほど寒い日もあった。そんなプールの授業を終えた後。まだ濡れている髪をタオルに包みながら、ヘトヘトになって木の香る机に頬を寄せる。心地よい扇風機の音が風と共に私たちを撫でる。面倒くさくて愛しかった日々。もう一度あの日々に戻れたなら、

気づきましたか？　作品末尾は読点で締めくくり。余韻を残す工夫です。選考委員の村山由佳さんは、小説の一部のよう、と称賛しました。プール後の気だるさ、肌の感触。瀬田川さんの学生生活にはコロナが影を落としたはずで、それを思いながら読むと、作品の奥行きはさらに深まります。

中原《なかはら》 隼人《はやと》さん（38歳・神奈川県）

母上、
自分が読み終わった本を「これ読まんね」と
野菜と一緒に送ってくれるのはとてもありがたいんだけど
図書館で借りた本を入れちゃいかんて。
早く返さないといけないから寝食忘れて読んだばい。
五木寛之さんの「青春の門」なぜ4巻目から送る？
夢中になったけど、どうせなら1巻目から読みたかった。
おかげ様で素敵な本に巡り会えました。
母よ、私は荒野を目指す。

母上、
自分が読み終わった本を「これ読まんね」と野菜と一緒に送ってくれるのはとてもありがたいんだけど図書館で借りた本を入れちゃいかんて。早く返さないといけないから寝食忘れて読んだばい。五木寛之さんの「青春の門」なぜ4巻目から送るて。夢中になったけど、どうせなら1巻目から読みたかった。おかげ様で素敵な本に巡り会えました。母よ、私は荒野を目指す。

『青春の門』の著者である五木さんは自分の事が書かれたはがきは選びにくい、と言われたのですが、村山さん、齋藤さんの推薦で見事受賞。母上も喜ばれたそうです。「荒野を目指す」中原さんは、他の受賞者とも積極的に接しておられ、この社交性は人を引きつけ、前途洋々と確信しました。

萩原《はぎわら》 純子《じゅんこ》さん（70歳・東京都）

何年か前、突然一本の電話があった。
「オレ、オレ！」詐欺の電話だろう。私はすかさず
「うちには自分のことを俺と言う息子はいません。」と
言ってやると電話は切れた。
私はしばらくボーッとしてしまった。
息子が本当に「オレオレ！」と言ってくれたらどんなに嬉《うれ》しいだろうか、と。
彼には障害があり話せないのだ。
一度でいい、「母さん！」と呼ばれてみたい。
「母さん！　こづかいくれ。」でもいい。
「母さん！」と呼ぶ声を聞いてみたい。

何年か前、突然一本の電話があった。「オレ、オレ！」詐欺の電話だろう。私はすかさず「うちには自分のことを俺と言う息子はいません。」と言ってやると電話は切れた。私はしばらくボーッとしてしまった。息子が本当に「オレオレ！」と言ってくれたらどんなに嬉しいだろうか、と。彼には障害があり話せないのだ。一度でいい、「母さん！」と呼ばれてみたい。「母さん！こづかいくれ。」でもいい。「母さん！」と呼ぶ声を聞いてみたい。

振り込め詐欺をモチーフにした作品は実は少なくありません。でも、この作品は意外な展開をして哀切な余韻を残します。撃退すべき「オレオレ」が反転し、祈りに変わる。同じ事象が受け取る心一つで全然違う意味を持つのでした。表彰式には息子さんも同伴され、古都を歩かれたそうです。

吉田《よしだ》 煌和《あきと》さん（9歳・三重県）

ぼくのお父さんは、視覚障害者です。
今の視野はサランラップの芯以下だそうです。
今、お父さんは盲学校に通い、
しんきゅう師の資格取るために休日も勉強しています。
そんなお父さんをかっこいいと思うし、
しんきゅう師になってほしいです。
だけど目の病気が治ってほしいとも思います。
ぼくは、しょう来お父さんを支えたいから、
ぼくのねがいは、お父さんの支えになれる自分になりたいです。

ぼくのお父さんは、視覚障害者です。今の視野はサランラップの芯以下だそうです。

今、お父さんは盲学校に通い、しんきゅう師の資格取るために休日も勉強しています。そんなお父さんをかっこいいと思うし、しんきゅう師になってほしいです。だけど目の病気が治ってほしいとも思います。

ぼくは、しょう来お父さんを支えたいから、ぼくのねがいは、お父さんの支えになれる自分になりたいです。


お父さん、お母さんと式典に参加した吉田さん。お父さんを案内する姿は頼もしく、父子の愛情が周囲を照らすようでした。郵便名柄館を訪ねると吉田さんは元気いっぱい。大正期の電話ボックスを楽しそうに体験していました。掛けた電話は誰に繋《つな》がったかな？　今年もぜひ応募してください。

はがきはすべて郵便名柄館《ながらかん》に届きます。

全国に郵便ポストはいくつあるのでしょう。総務省のサイトによれば、二〇一七年に十八万千二百二十一。全国のコンビニエンスストアの総数が二〇二二年現在で五万六千弱とのことですから、年々少しずつ減ってはいるものの、膨大な数であるのは間違いありません。そんな各地のポストから二万通以上のはがきが届く唯一の場所――それが郵便名柄館です。

郵便名柄館の住所は、奈良県御所《ごせ》市名柄三二六ー一。応募してくださった方々には馴染《なじ》みがあるでしょうか。奈良県は海無し県とも言われ、紀伊半島の真ん中にでんと構える内陸県です。われらが御所市は奈良県の西端、南北で見れば中ほどに位置して、大阪府と接しています。西部には、この地に住む人たちがふるさとの象徴として愛《め》でる金剛山《こんごうさん》と葛城山《かつらぎさん》が南北に連なっています。郵便名柄館があるのは市の中ほど。

前島密《まえじまひそか》が始めた郵便制度は、各地の名主や庄屋といった人たちが、郵便の取り扱いを引き受けたことで一気に全国に広がっていきました。郵便名柄館ももともとは、そんな郵便受取

表彰式の日は、受賞者への祝福をこめて、桜色の外壁に横断幕が掲げられます。

所の一つとして明治三十五（一九〇二）年に始まりました。三年後には「名柄郵便局」となり、郵便の他に貯金や保険、電信や電話も取り扱って、地域の情報センターの役割も担います。現在の建物は、大正二（一九一二）年に建てられた局舎がもとになっています。この名柄郵便局は昭和五十（一九七五）年に移転することになり、局舎の建物はその後四十年間、空き家として放置されていました。外壁ははげ落ち、ガラスは割れ、廃墟さながらだったそうです。

　二〇一一年、局舎誕生から百年の節目を見据えて再生プロジェクトが立ち上がり、やわらかな桜色の外壁を持つ、往時を髣髴《ほうふつ》とさせる局舎が復活。これを記念

木材に刻まれた郵便名柄館の看板。かつて郵政フォントと呼ばれた書体をイメージしています。

して、はがきの名文コンクールは始まったのでした。

郵便名柄館を運営する団体のメンバーは、毎夏全国から山のように届く応募はがきと、その後、表彰式でかなう受賞者との出会いをとても大切にしています。

第8回コンクールの表彰式でも、賞状を贈る式典の後、受賞者の皆さんは郵便名柄館に集いました。コロナに脅かされる以前は郵便名柄館に併設されたテガミカフェの美味《おい》しいご馳走が並ぶビュッフェスタイルのパーティーをしていましたが、感染予防対策ゆえにそれはお預け。受賞者は館内に陳列された郵便関連資料を見たり、テラスの向こうに青い芝生が広がる郵便庭園で記念撮影をしたりして過ごしました。郵便庭園には拡大した切手をアクリルボードではさみ込んだパネルが幾つも並んでいて、インスタ映えも期待できます。また、テガミカフェのシェフ、高村るり子さんが腕を揮《ふる》ったスイーツのお土産は、表彰式の忘れられない思い出の一つになったのではないでしょうか。

第9回コンクールではコロナ以前に戻って、郵便名柄館で歓迎パーティーができたらいいなと願っています。

P.44に記した多羅葉の木は、郵便庭園にもあります。

●郵便名柄館のHPもぜひ。https://tegamicafe.jp

◉郵便名《な》柄《がら》館《かん》賞　9作

はがきの宛先である郵便名柄館に併設されたテガミカフェは美味。
月替わりのランチと美しく盛りつけられた限定パフェが人気です。
どれも地元の食材にこだわって、丁寧に作られています。
また、この施設を運営する一般社団法人吐田郷《はんだごう》地域ネットの面々は、
花を育てたり、味噌《みそ》や醤油《しょうゆ》を仕込んだり――地域の人たちが
一緒に体験できる機会を次々と生み出しています。
郵便名柄館賞は、吐田郷地域ネットのメンバーと郵便名柄館の関係者が
はがきをじっくりと読み、意見交換をした上で贈る賞です。

※HPには10作の受賞作がありますが、お一人の受賞者が作品集への収載を辞退されました。

麻野 明子さん（84歳・大阪府）

とある母子寮へ手遊び、読み聞かせ、
手作りプレゼントをしているばぁば軍団です。
子供達を喜ばせたく図書館巡りに百均物色と喧喧諤諤《けんけんがくがく》の日々。
車は欠かせません。
しかし高齢を理由に息子達から運転禁止令発令。
そこで年金者でも買える自動運転車を
一日でも早く普及させて下さい。
グレーの髪を靡《なび》かせ虹色の自動運転車で認知症をぶっとばし、
生き甲斐に向けばぁば力全開で進めるようにお力をおかし下さい。
もちろん制限速度厳守!!

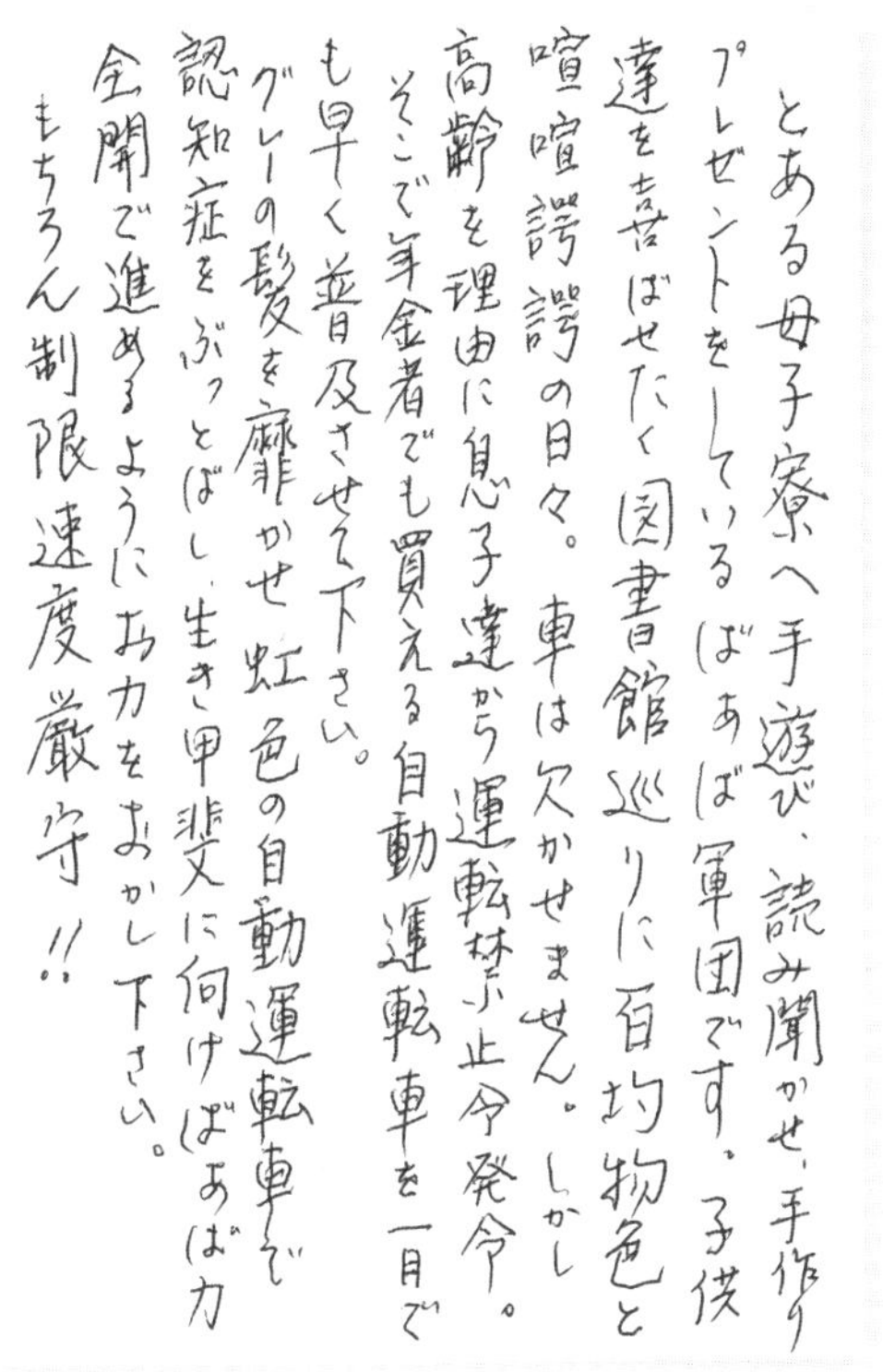
とある母子寮へ手遊び、読み聞かせ、手作り
プレゼントをしているばあば軍団です。子供
達を喜ばせたく図書館巡りに百均物色と
喧喧諤諤の日々。車は欠かせません。しかし
高齢を理由に息子達から運転禁止令発令。
そこで年金者でも買える自動運転車を一日で
も早く普及させて下さい。
グレーの髪を靡かせ虹色の自動運転車で
認知症をぶっとばし生き甲斐に向けばあば力
全開で進めるようにお力をおかし下さい。
もちろん制限速度厳守!!

思わずカッコいい！と拍手を送りたくなる情景。免許返納を嘆くはがきは多く、その心情に共感もするのですが、麻野さんは落胆を吹き飛ばして、未来のテクノロジーを使った自己実現の達成を夢見ておられます。その発想の前向きなこと！ 子供達のためにも、技術革新に期待せねば。

新井 彩子さん（49歳・群馬県）

今日も小学校の給食は「黙食」だ。
マスクの外せる唯一の時間は、
「黙って食べる」「向かい合ってはいけない」
静かすぎる教室に大人は皆、心を痛める。〝かわいそうに〟
でもね、よくよく見るとハンドサインがちらほら見える。
担任の『おかわりいかが？』のグーサイン。
『牛乳、欲しい』のチョキサイン。
『休み時間、サッカーしよう』なぞのサインで意気投合。
子どもはとても、たくましい。
でもね、やっぱり私はマスクを外した笑顔を見たい。

今日も小学校の給食は「黙食」だ。
マスクの外せる唯一の時間は、「黙って食べる」
「向かい合ってはいけない」静かすぎる教室に
大人は皆、心を痛める。"かわいそうに"
でもね、よくよく見るとハンドサインがちらほら
見える。担任の『おかわりいかが？』のグーサイン。
『牛乳、欲しい』のチョキサイン。『休み時間、サッカーしよう』
などのサインで意気投合。子どもはとてもたくましい。
でもね、やっぱり私はマスクを外した笑顔を見たい。

黙食には同情も批判もありましたが、新井さんのはがきからは、めげることなくお互いに意思疎通を図る小学生の姿が生き生きと浮かび上がります。静かな給食時間でも、子供たちは饒舌《じょうぜつ》なのですね。見守る新井先生の優しさも読み手の胸に響きます。

橘髙《きつたか》 智貴《ともき》さん（33歳・広島県）

昔から文字を書くのが好きだった。
妻には付き合っていた当時はもちろん、今でも手紙を書くほどだ。
落ち着いた状態で書く文字は、気持ちをしっかりと伝える力がある。
でも読んでいない手紙がひとつある。
結婚式で両親に向けてサプライズで読むはずだった手紙。
昔を思い出して泣きながら書いたが、
コロナで式は中止となり、日の目を見ていない
渡すのも味気ないと思い2年が経《た》った。
今更で照れ臭いが、両親に感謝を告げる勇気と機会が欲しい。

昔から文字を書くのが好きだった。
妻には付き合っていた当時はもちろん、今でも
手紙を書くほどだ。
落ち着いた状態で書く文字は、気持ちを
しっかりと伝える力がある。
でも読んでいない手紙がひとつある。
結婚式で両親に向けてサプライズで
読むはずだった手紙。
昔を思い出して泣きながら書いたが、
コロナで式は中止となり、日の目を見ていない
渡すのも味気ないと思い2年が経った。
今更で照れ臭いが、両親に感謝を
告げる勇気と機会が欲しい。

マイカーを駆って妻と、コロナ禍を吹き飛ばして誕生した１歳の我が子とともに表彰式に参加した橘髙さん。この一家の創世記とも言えるご両親への手紙は、今やタイムカプセルかもしれません。家族３人、そして２組の両親とともに開封される日がゆっくり、自然に訪れますように。

栗《くり》田《た》 道徳《みちのり》さん（57歳・神奈川県）

うちのさきちゃん。
君は24年の人生を狭いベッドと限られた世界で過してきた。
共に旅する事もできなかったね。
でも父さんは面白い事を考えたよ。
自分の描いた絵の中で君の心を旅させようと。
美しい景色の中に楽しい街角に、
素敵になった24才の君の姿を描き込んでみた。
君はそんな心の旅を楽しんでくれているかな。
これからも写真には残せない、君の心の旅を描いていこうと思う。
さきちゃんの心が自由に旅してくれることを願って。

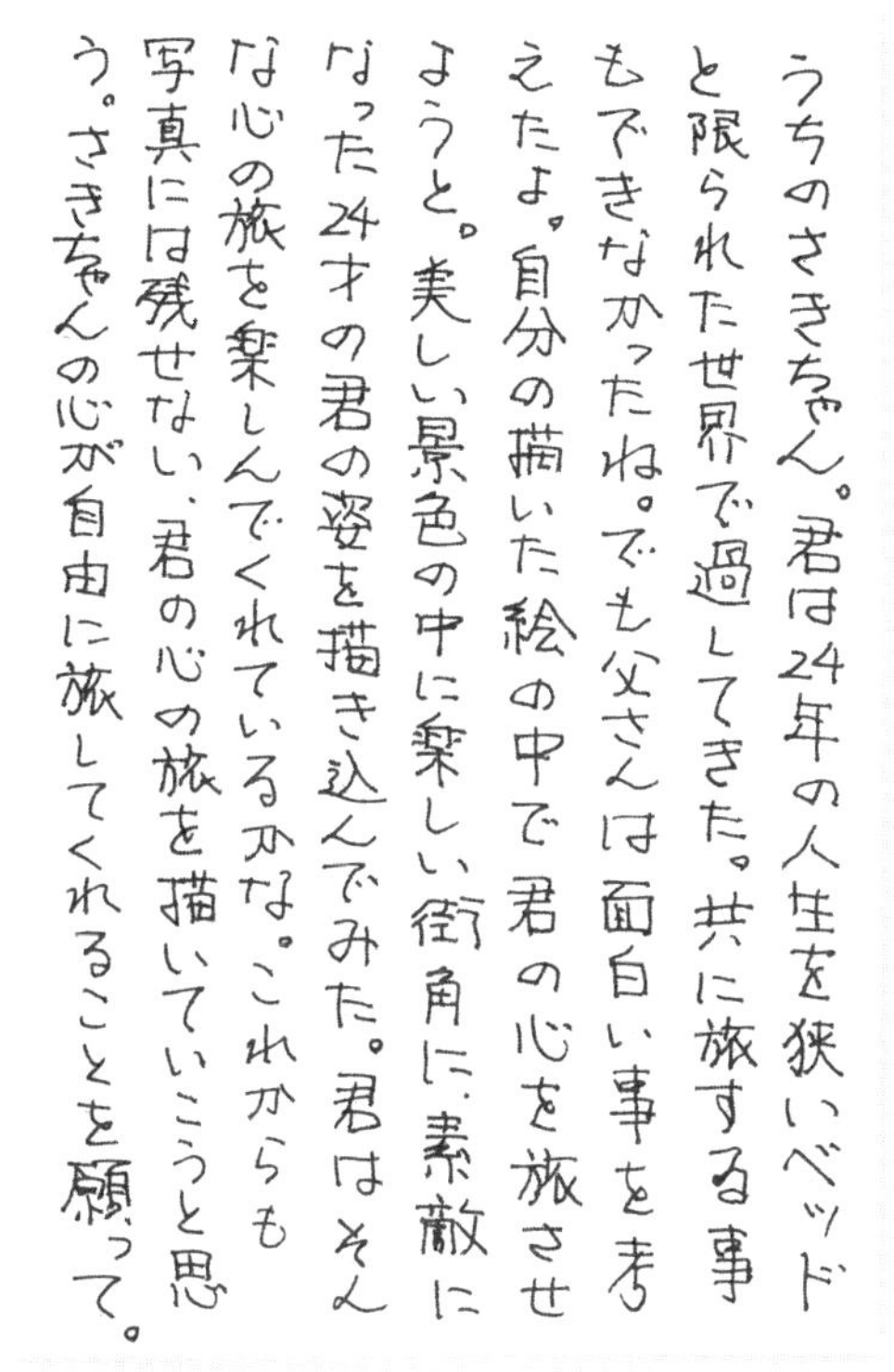
うちのさきちゃん。君は24年の人生を狭いベッドと限られた世界で過してきた。共に旅する事もできなかったね。でも父さんは面白い事を考えたよ。自分の描いた絵の中で君の心を旅させようと。美しい景色の中に楽しい街角に、素敵になった24才の君の姿を描き込んでみた。君はそんな心の旅を楽しんでくれているかな。これからも写真には残せない、君の心の旅を描いていこうと思う。さきちゃんの心が自由に旅してくれることを願って。

見えないはずの栗田さんの絵筆が見えてくる気がする、優しさに満ちた柔らかな筆致です。うちのさきちゃんが、はがきを読むうち友達のようにも思えてきます。さきちゃんの心の旅は、栗田さんが見守る二人旅。鳥の目にも虫の目にもなって、世界中の街角を訪れてください。

小林《こばやし》 明文《あきふみ》さん（65歳・埼玉県）

戦場から帰った父は警察官になった。
しかし、たくさんの中国人を殺《あや》めてしまった
良心の呵責《かしゃく》に耐えかね職を辞した。
故郷に戻り結婚し、母と自営業を営み姉と私を育てた。
晩年、父は戦争の語り部となった。
「平和を愛する子どもたちを育てろよ」
教師となった私に父の眼差《まなざ》しと背中はそう語っていた。
教師として36年、退職後は朗読を通して「平和の種蒔《ま》き」をしている。
父からバトンを受け継いだ歴史のリレーランナーとして。

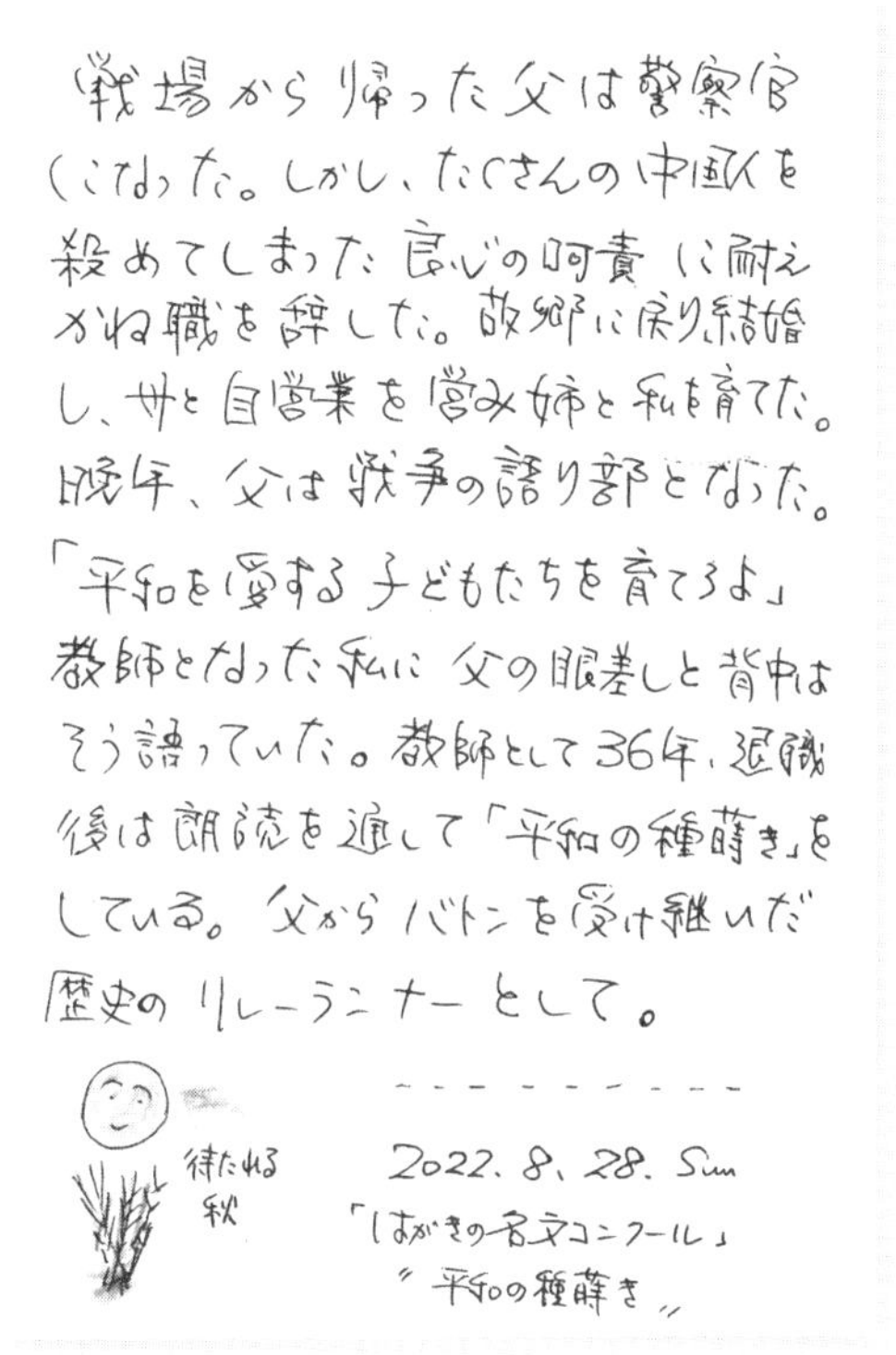
戦場から帰った父は警察官
になった。しかし、たくさんの中国人を
殺めてしまった良心の呵責に耐え
かね職を辞した。故郷に戻り結婚
し、母と自営業を営み姉と私を育てた。
晩年、父は戦争の語り部となった。
「平和を愛する子どもたちを育てるよ」
教師となった私に父の眼差しと背中は
そう語っていた。教師として36年、退職
後は朗読を通して「平和の種蒔き」を
している。父からバトンを受け継いだ
歴史のリレーランナーとして。

待たれる秋

2022.8.28.Sun
「はがきの名文コンクール」
〃平和の種蒔き〃

父上の墓参から戻って、受賞の通知を受け取ったそうです。ちょうど夫婦で古都巡りを話し合っていた頃で、表彰式への参加でそれも実現。受賞は父上からのプレゼントかなと思われたと伺って、郵便名柄館賞の選者一同、しみじみうれしく思います。バトンのリレーをぜひ続けてください。

平手《ひらて》 ゆかりさん（60歳・広島県）

昭和14年生まれの母は、農家の嫁として「おしん」さながら働きづめ。
私の人生は何だったのかとこぼしつつ、
認知症になった父に今日も怒鳴られる。
昭和37年生まれの私は、25過ぎたらクリスマスケーキと
世間に脅されながらも、リベラルな夫と結婚したが、
養われの身はちょっぴり肩身が狭い。
さて平成生まれの娘、パートナーと生活費折半、男女平等で頑張る。
女性3代のこの変化！
女性が生きやすくなっていると信じたい。

昭和14年生まれの母は、農家の嫁として「おしん」さながら働きづめ。私の人生は何だったのかとこぼしつつ、認知症になった父に今日も怒鳴られる。

昭和37年生まれの私は、25過ぎたらクリスマスケーキと世間に脅されながらも、リベラルな夫と結婚したが、養われの身はちょっぴり肩身が狭い。

さて平成生まれの娘、パートナーと生活費折半、男女平等で頑張る。

女性3代のこの変化！

女性が生きやすくなっていると信じたい。

昭和、平成、そして令和にまで至る女性三代の時の流れが軽やかに的確に描かれました。働く娘を持つ女性読者の共感はことに大きいかと思います。この間、女性の環境は様変わりしました。娘には苦労させたくない、そんな母心も変化への推進力だったかもしれません。変化はさらに続きます。

前田《まえだ》 琉成《りゅうせい》さん（10歳・埼玉県）

ぼくが小さい頃、じいじは朝早く家に来て
保育園の送りむかえをしてくれました。
そして夜遅くまでママの帰りを一緒に待ってくれました。
今ぼくは十才になりました。
けい老の日にじいじに何かあげたいのですが、
「もうなんでも持っているから何もいらないよ」
とじいじは言います。
でもぼくは、じいじがいつもポケットにくしを持っているのを知っています。
神様、どうかじいじのかみの毛を昔みたいにフサフサにしてあげてください。

ぼくが小さい頃、じいじは朝早く家に来て保育園の送りむかえをしてくれました。そして夜遅くまでママの帰りを一緒に待ってくれました。今ぼくは十才になりました。けい老の日にじいじに何かあげたいのですが、「もうなんでも持っているから何もいらないよ」とじいじは言います。でもぼくは、じいじがいつもポケットにくしを持っているのを知っています。神様、どうかじいじのかみの毛を昔みたいにフサフサにしてあげてください。

琉成さんとじいじは固い絆《きずな》で結ばれていますね。表彰式には参加できなかったお祖父《じい》さまですが、琉成さんから話を聞いて、二人でテガミカフェに行きたいと言っておられるとか。お越しください、ぜひ。評判のランチも豪華なパフェもお勧めです。郵便名柄館のスタッフ一同、お待ちしています。

松田 良弘さん（47歳・大阪府）

入院中の僕の病室に、女性が訪ねて来た。
「元気になったらまた裸を見せてね」
居合わせた妻は絶句した。
彼女は、僕が子供の頃から通っている銭湯のおばちゃんだ。
痩せた太ったは当たり前、僕の裸を一番知っている人だ。
納得した妻は、おばちゃんがくれたフルーツ牛乳を、
美味《おい》しそうに飲み干した。
〝恋は湯加減が大事〟
昔、妻への想《おも》いを相談した時、おばちゃんがくれた言葉だ。
今は天国の番台に座っているおばちゃん。
これからも僕の裸を見守っていて下さい。

入院中の僕の病室に、女性が訪ねて来た。

「元気になったらまた裸を見せてね」

居合わせた妻は絶句した。

彼女は、僕が子供の頃から通っている銭湯のおばちゃんだ。痩せた太ったは当たり前、僕の裸を一番知っている人だ。

納得した妻は、おばちゃんがくれたフルーツ牛乳を、美味しそうに飲み干した。

“恋は湯加減が大事”

昔、妻への想いを相談した時、おばちゃんがくれた言葉だ。

今は天国の番台に座っているおばちゃん。これからも僕の裸を見守っていて下さい。


病室で発せられた「また裸を見せてね」との刺激的な一言。それが銭湯のおばちゃんのものという種明かしは絶妙です。しかもそのおばちゃんとの松田さんの関わりが人情味にあふれ、恋愛相談のアドバイスが「恋は湯加減」とは、うなるほどにお洒落《しやれ》。極上のショートショートになりました。

渡辺《わたなべ》　健《たけし》さん（80歳・東京都）

最近母の逝った歳《とし》になって母との事　よく想《おも》い出す。
逃げ惑う東京空襲時、母の背中でしちゃったおもらし。
父の戦死公報が届いた時の母の号泣。
結核に罹《かか》った小学生の僕と電車で病院通い。
中学に入る頃　母から結婚したい人が居るとの相談、
相手は母の職場の同僚で優しい人。
しかし僕はただ猛反対。その時の母の困惑したような悲しい顔。
結局母は結婚しなかった。
今になって母さんの幸せを奪ってしまった反対をした事、
深く後悔してます。許して下さい。

最近母の逝った歳になって母との事よく想い出す。
逃げ惑う東京空襲時、母の背中でしちゃったおもらし。
父の戦死公報が届いた時の母の号泣。結核に罹った小学生
の僕と電車で病院通い。中学に入る頃母から結婚したい人
が居るとの相談、相手は母の職場の同僚で優しい人。
しかし僕はただ猛反対。その時の母の困惑したような悲しい顔。
結局母は結婚しなかった。
今になって母さんの幸せを奪ってしまった反対をした事、深く
後悔してます。許して下さい。

読めば読むほど切ない作品です。戦火を潜《くぐ》り抜け、戦後を一緒に生き抜いた母子だからこその葛藤。渡辺さんは消せない後悔をしたためて、応募してくださいました。母上は決断した時点できっと、全部飲みこまれたのだろうと拝察します。とっくに渡辺さんは許されているのだろうな、と。

コラム❸ 学校から届いたはがき

一昨年のことです。

第7回コンクールの募集期間に、レターパックにまとめられた、たくさんのはがきが届きました。どのはがきにも鉛筆でしっかりとした文字が綴《つづ》られていて、そこに一枚のお便りが同封されていました。小林《おばやし》聖心女子学院小学校六年生国語ご担当の、小林秀平《こばやししゅうへい》教諭からのものでした。

お便りには、小林先生がどのようにしてコンクールを授業に取り入れられたか、生徒さんのはがきができるまでの経緯が書かれていたのです。

一読して、実行委員会のスタッフ一同、大いに感激しました。そこでそのお便りの内容を、小林先生のご了承を得てご紹介したいと思います。

一時間目。

いきなりコンクールの話をするのではなく、「あなたの願いはなんですか?」と問いました。いろいろな意見が出てきたところで、「Wish（希望）」「Desire（欲望）」「Request（要求）」の違いを確かめました。そして子どもたちに改めて「願い（Wish）」は何ですかと問いました。

子どもたちがしばらく考えた後、はがきの名文コンクールの存在を知らせ、過去の受賞作を紹介しました。やる気を持った子どもたちに「大切なことは、自分の本当の願いは何かを深く考えることだよ」と伝えました。

二時間目。

最初に、宛名面の書き方を指導しました。手紙を書くことが減っている中、相手に失礼のないような書き方を指導しました。

残りの時間に、一人一人がはがきに願いを書きました。とても静かに書いていました。

そして、小林先生のお便りは次のように結ばれていたのです。

「本当の願いは何かを深く考える子どもたちの姿に、こちらも感銘を受けました。

誤字脱字が多いのがお恥ずかしいのですが、子どもたちの心の奥を深く知ることができました。いい機会を与えていただきました。ありがとうございました」

こんな先生の存在を知って、感激しないはずがありません。

第7回コンクールでは、この学校から応募されたはがきのうち、三名の作品が最終候補作に残りました。また、第8回でも同じく三名の作品が最終候補として残っています。この学校の生徒さんのはがきはどれもとてもユニーク。一枚一枚テーマも文体も違いますし、伸び伸びと書かれていて、読むだけで楽しい気持ちになります。

はがきの名文コンクールでは学校単位、あるいは学年単位、クラス単位の応募も歓迎します。そういえば、ある幼稚園から園児のはがきをまとめて応募いただいたこともありました。

また、日本語教師の方が教え子に、腕試しとしてでしょうか、応募を促してくださることもありました。

小林先生の設問「Wishは何ですか」に実行委員会としても答えたいと思います。私たちのWish（希望）は、それぞれの人が自分の気持ちをじっくりと確かめる時間を持って、胸にあった願いごとに気づき、それを自由にはがきに書いて投函してくださること——です。

日本郵便「手紙の書き方体験授業」

二〇〇九年四月、文部科学省の「全国学力・学習状況調査」が小学六年生に対して実施されました。その中に、はがきの表書きに必要な事柄を書く位置を尋ねる問題があり、その正答率は六七・一パーセントだったそうです。

これを受け、日本郵便株式会社では二〇一〇年より、全国の小学校を対象に「全国手紙の書き方体験授業」の支援を始めました。同様に二〇一二年から中学校を対象に、二〇一四年からは高等学校を対象に開始されています。

これは新しい学習指導要領に掲げられた「相手と関わりながら伝え合う力を高め、思考力や想像力を養う」目標に沿って、言語活動の充実を図るとともに、その具体的な例として挙げられた「社会生活に必要な手紙を書く」ための授業となります。

日本郵便のホームページによれば、今年度も引き続き、「手紙の書き方体験授業」に取り組む小学校、中学校、高等学校及び特別支援学校に対して、「本物の郵便はがき」「児童・生徒用テキスト」「教師用指導書」等の授業用教材を作成し、無料で希望数分を提供する支援を行なうそうです（郵便はがきは児童・生徒・教師ともに一人二種各一枚、合計二枚まで）。学校関係者の方々は参考になさってみてください。

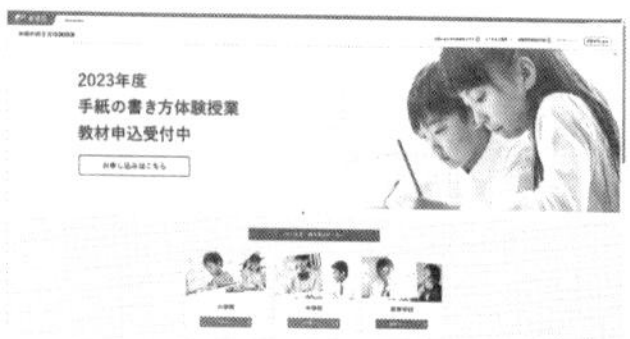
2023年度
手紙の書き方体験授業
教材申込受付中

日本郵便「手紙の書き方体験授業」
詳細はHPをご覧ください。
https://www.schoolpost.jp

◉最終候補作から 101作

一か月近くの間、来る日も来る日も読み続けたはがき、二万余り。

最終選考会の前日は、一体どの作品が選ばれるだろうかと緊張します。

選考委員のもとに届けた最終候補作百数十のはがきはどれも味わい深く、賞を贈れるのがたった二十一、郵便名柄館賞を加えても合計三十一とはなんと理不尽！——そんな気持ちになります。

そこで、この作品集では紙幅の許すかぎりなるべく多く、最終候補作をご紹介できればと思います。合計百一作です。

多重奏で響きあう、それぞれの音色に耳を澄ませてみてください。

相川 しおりさん（42歳・神奈川県）

「ねぇママ、
私もハワイ2回行ったことあるよね？
ハワイにバスで行ったよね？」
友だちからのハワイ土産を手に
少し怒った顔で言う娘。
ごめんね…
うちが行ったハワイはハワイアンズ。
日本だよ…。
いつか本当のハワイに
連れて行ってあげたい。
母ちゃんがんばるよ。

安達《あだち》 愛稟《えりん》さん（7歳・東京都）

私のゆめはやくざいしになることです。
たった1日でコロナウイルスが
なおってしまうくすりをつくったり、
みんなが120才までいきられる
「まほう」のくすりをつくりたいです。
やくざいしになりたいりゆうは、
私は本が大すきで、
かがくの本をよんだときに
かがくはやくにたつんだなぁ、
かがくをりようしたらどんなことに
なるんだろうとおもったからです。
みんなのやくにたって
がいこくにまけないように、
日本をつよくしたいです！

あつさん（53歳・宮崎県）

これで宮崎も見納めやな、
と故郷を後にした息子よ。
見納めでも何でも、
あんたの故郷は
いつでもここにあるっちゃが。
母がいなくなっても
ずっとここにあるっちゃが。
じゃかい、いつでも帰って来《き》ないよ。
そん時、昔を思い出して、
自分や周りの人達を大切に思える心の
『ジーン』としたモンが、
あんたの心に残っとることだけが、
母の願いやっちゃが。

荒川《あらかわ》 伊津子《いつこ》さん（83歳・兵庫県）

眠っていると思っていた貴方《あなた》は、
聞いていたのですね。
私のひとり唄を。
「いい声だね、歌手になればよかったのに」。
初めての誉め言葉を残し
貴方は旅立ちました。
貴方のため、
一曲だけ唄う歌手になりたい!!
ねェー聞こえますか。私の歌声。
貴方が好きな曲「何日君再来《ホーリージユンザイライ》」です。
貴方に捧げる鎮魂歌です。
願いが叶うなら83才の歌手に。
遅咲きと知りつゝ、ときめく日々です。

飯田《いいだ》 力《ちから》さん（9歳・大阪府）

ぼくのねがいは、パパに
びんぼうゆすりをやめてもらうことです。
ぼくは毎日かならず本を読みます。
読んでいると中にパパから
がたがたがたという音が聞こえてきて、
本を読むのに集中できないんです。
「やめて!!」と言うとすぐ
やめてくれるけど、またちょっとしたら
またがたがたと聞こえてきます。
ぼくはこんどはパパの足を
おさえながら本を読んでいます。
手をはなしてしばらくすると
またがたがたがたします。
パパおねがいだからやめて!!

石倉《いしくら》 幸子《さちこ》さん（88歳・茨城県）

夫を亡くして二年間は
「かげろう」のように過ごした。
ようやく片付けをしようと
書斎の奥の方に手を伸ばすと
セピア色になったノート等が
積み重なっていた。
彼との交換日記には私の爽やかな
希望に満ちた文章も出てきた。
「なんと七十年近くの間忘れていたのだ――」
十五才の頃病いで死線を彷徨《さまよ》った時の事、
私との出逢の眩《まぶ》しかった光について等。
夫の残してくれた詩やエッセイを
涙腺の緩んだ目で読んでいる。
神様もう少し時間を下さい。

石下《いしげ》 菜々子《ななこ》さん（6歳・神奈川県）

わたしはコーラがだいすきです。
だからずーっと
コーラがすぐにのみたいです。
でもすぐにのみきっちゃうし
なくなっちゃう。
パパものんじゃいます。
ママもあまりかってくれません。
ふるとふわふわのあわが
でてくるところがすきです。
いっしょうぶんのみたいです。
コーラはやくのみたいなー。

石坂《いしさか》 明子《あきこ》さん（50歳・東京都）

永遠に不滅だと思っていたお父さんが、
腎臓を悪くして死んだ。
何の罰ゲームか知らんけど、
最期の数日間は点滴も外されて、
喉がカラカラなのに、誤嚥《ごえん》するから、
とのことで水すら飲ませてもらえなかった。
これはあれだ、
お父さんと一緒に恐がりながら
TVで見た即身仏じゃないか。
お酒とおいしい物が大好きだったお父さん。
お母さんと子供には一番おいしいとこを
食べさせてくれたお父さん。
天国の水道からお酒がジャージャー流れ出て、
お腹一杯になれ。

石《いし》田《だ》 興《こう》さん（87歳・岐阜県）

天国の息子へ
あなたの二十三回忌が近づいてきました。
釣り好きのあなたとは、
あちこちの海や渓流へ行きましたね。
車中泊をしたり、釣った魚をその場で
バーベキューにしたりと思い出は尽きません。
あなたの死とともに、釣りは
願断ちしていました。でも二十余年たち、
あなたも成仏できただろうから、
そろそろ釣りをしたいなあ。
せめて夢の中に出てきてくれて、
一緒にクロダイ釣りをしませんか。
大物を仕留めたあなたの得意顔を見たい！
待っていますよ。

稲見 ほのかさん（19歳・静岡県）

父の笑顔の下には不安と葛藤と
疲労が隠れているのを私は知っている。
やめたくてもやめられない感染外来。
炎天下の防護服。倒れる看護師もいる。
遅いと文句を言われ、時間がないと走り回る。
父の助けになろうと、
早く医者になろうと必死になった私は、
鬱病になって、お荷物となってしまった。
無力な私は祈ることしかできない。
医療従事者の苦労と頑張りを
皆が認めてくれますように。
皆で我慢を分け合える
世の中になりますように。
早く元気になりますように。

いむら さん（34歳・千葉県）

息子氏四歳ひとりっ子。最近彼は忙しい。
朝はテレビで天気予報のチェック。
保育園から帰ると
ぬいぐるみの点呼とオムツ替え、
夕食後は電車のおもちゃの
点検業務に追われている。
バタバタと忙しい一日の終わり、
ゆっくり床に入ればいいものを、
絵本のひらがな一文字一文字丁寧に
追ってから眠りにつく。すべては
「かっこいいオニイチャンになる！」
ためだそうだ。
息子氏四歳はまだひとりっ子。
どうか彼の願いが叶いますように。

入江《いりえ》 義治《よしはる》 さん（66歳・兵庫県）

前頭側頭葉変性症って何やねん。
病名聞かされて病気になったら絶対あかんで。
昔のこと忘れてもええやん
それより今日は何を食べようか考える方が
ワクワクして楽しいやろ。
おまえは食べることが一番好きやんか。
明るい性格のおまえが
落ち込むのは洒落《しゃれ》にならんでほんま。
今度、町内会の文化祭で
漫才した時のＤＶＤ見て二人で笑おうや
あんた誰ってボケるなよ。
おまえは突っ込み担当やからな。
どうかどうか
妹の病名が誤診でありますように。

植木 清美 さん（49歳・埼玉県）

旅先で貸切風呂に入った。
お年頃が迫ってきた子供達、
一緒に入る機会はもうないかもしれない。
湯船につかり「広いなぁ」と思いつつ
我が家の昔を思い出した。
ぎゅうぎゅうで入った湯船。
お湯に浮かんだスーパーボール。
酸欠になりそうなくらいしりとり。
一気に体を洗った後は順番でタオル。
用意した肌着はいったいどこへ。
「戦いだったな」と
大きくなった子供達の背中を見つめ笑った。
子供達よ。母はほかほかです。
あなた達の未来も幸せな風呂を。

上島《うえしま》 淳子《じゅんこ》 さん（67歳・東京都）

育った家庭は貧しかった。
母はどんなに忙しくても
食事だけはしっかり作ってくれた。
晩ご飯を食べると母は再び
商売（行商のような物）に出て行く。
「お母ちゃんお願いだから
晩はよその家みたいに家におって」と
私は母に言いたかったが言えなかった。
母が病気で伏せっている時が嬉《うれ》しくて
嬉しくて布団から離れられなかった。
母は45才で他界した。
私は母に思いを伝えられなかったが、
一番それを願っていたのは
母だったように今は思える。

梅森 美帆さん（42歳・広島県）

5月。おばあちゃん子の私に、
ついに別れのときがきた。
熱々の骨になったおばあちゃん。
その中に、二の腕を骨折してから
入れたままだった長いボルトが
きれいに残っているのを見つけた。
「私が死んで燃えたら、これが出てくるよ」
そういえば笑い話で聞いていた。
少し骨のこびり付いたそれを、
形見にもらった。盆に、
ナスにさしてみたら、帰ってくるかな？
おばあちゃん、そういうタイプじゃないか。
大好物のどら焼きにさしたら、
帰ってきてくれる？

えみ子さん（54歳・東京都）

「スマホ」がこの世から
一斉に無くなりますように。
何でもやってくれる優れもの!!
もうスマホが無かった世の中
なんて忘れて来たなぁ。
でも皆、いつもスマホばかり見ている。
若い人もスマホ老眼。
もうきれいな便せん買わないの？
ダンナさんへ…
一緒にカフェに行った時、
こっちを向いておしゃべりして欲しい。
私だけスマホが無くなるのは困るから、
無くなる際は「一斉に」でお願いします。

大野 祐子 さん（54歳・福岡県）

今日はギターの発表会。
演者は2人。91才の大家さんと82才の母。
観客は4人　大家さんちの和室で
座卓が程よく距離を置く。
ゆっくりゆっくりと1曲目の
「七夕《たなばた》様」の演奏が始まる。
みんな一緒に口ずさむ。
とても温かい空間だ。母も大家さんも
沢山の別れや苦労を乗り越えてきた。
2人は戦争体験者　大家さんは
あと1週間で特攻予定だったと聞く。
生かされた生命　楽しく音を奏で
学び続ける背中を私も追います

大村《おおむら》 純子《じゅんこ》 さん（56歳・東京都）

明日も母と笑いあえますように
電話をしても　受話器を置くと
内容を　忘れてしまう母
ご飯を食べても
「何食べたかしら？」と聞く母
「過去のことは忘れてもいいのよ」
と答えると
「そうね。もう食べちゃったものね」
と二人で大笑い。
夫を亡くし、泣きごとひとつ言わず
ひとり暮らしをする90歳の母
週に2日の楽しい時間
〜明日、会いに行きます〜　純子

岡住《おかずみ》 建郎《たけろう》 さん（35歳・山口県）

ご存じかと思いますが、
神様にお祈りをしたことはありません。
自分の努力だけを信じて生きてきました。
「祈る暇があったら勉強する」
なんて言ってごめんなさい。
けれど、こんな私も
家庭を持つようになって
まだ何もできない赤ちゃんを育てる中で、
自分が努力できた理由が分かりました。
みんなの願いを叶えてくれて、
ありがとうございます。
きっと、うちの子供も生意気な奴《やつ》ですが、
どうぞ宜しくお願いします。

緒方 京子 さん（47歳・愛知県）

「今日って土用の丑《うし》の日なんだってね。」
そう言ってウインナーを頬張る息子。
「へー、そうだった？」と私。
嘘。知ってました。
スーパーに並んだうなぎと特売の文字。
しばしにらめっこ。
いや、う、の付く食べ物なら
何でもいいって聞いたような…
いや、買えない訳じゃないんだよ。
パパも頑張ってくれてるし、
財布には５０００円札も入ってる。
あー！　神様。
どうか私に一尾１９８０円のうなぎを
買う勇気を下さい!!

岡村《おかむら》 心和《ここな》さん（10歳・兵庫県）

私の願いは本の中に入って
その本の主人公になることです。
なぜなら本の主人公は
いつも楽しそうだからです。
だから私も動物と話したり、
大きなおしろにすんだり、
旅をしたりしてみたりしてみたいのです。
一番なってみたいのは、人魚姫です。
なぜなら人間と人魚の
ちがいが気になるからです。
いつか私は本の主人公になって
すてきなお話をつくって
人生もお話もハッピーエンドにしたいです。

奥田 三重子さん（85歳・三重県）

私は三重県に住む三重子。でも
生まれたのは朝鮮の木浦《モッポ》（昭和十二年）。
父が本籍を忘れぬように名づけてくれた。
今はなんだか
三重県を一手に背負っているようで！
三重県の三重子なので、
県に恥じぬようにとヨイショ！と
自分なり一生懸命頑張って八十五才。
八才の時に
体より大きなリュックを背負って、
あの長い釜山《プサン》の栈橋を命がけで
ヨイショ！ヨイショ！と歩いて
帰ってきた苦しみを今も胸に頑張りたい。
ヨイショ！三重県のみえこ！

笠原 正宏さん（60歳・茨城県）

今日は、子育てに疲れハンストした妻に
幼い息子が弁当1コ買ってきた家族の記念日
号泣した妻　一緒に泣き出した娘
親子四人で分け合った弁当
あれから二十三年
娘は結婚し　息子は就職して家を出た
「記念日、店じまいかな」弁当片手の私に、
妻が一言「特別な日なんだよね」
私還暦　妻五十三
記念日よ　長いことお世話になりました。
改めて、お願いします。
また来年も、あの夕げの時間、連れて来て！
弁当買って待ってます！

片山 千寿子さん（72歳・埼玉県）

お母さんと8歳位の女の子、
5歳位の男の子が横一列で歩いていました。
気配を感じてさっと道をあけてくれたので、
私は「ありがとうございます。」
すると後ろで女の子と母親とのやり取りが。
「ねえ、ママ、あの人今
ありがとうございますって言ったよ。」
「そうね。うれしいね。」
「じゃあ、私たちもこれから
ありがとうって言うことにしようか。」
「いいね。」
何だかうれしくなって後ろを振り返ると
ニコニコしながら手を振ってくれました。
得した気分の一日。

加藤 みやこさん（73歳・神奈川県）

結婚して50年。
晩年を穏やかに過ごせると思っていた矢先、
主人に物忘れの症状が顕著に現われて
予想外の言動に振り回されています。
気が付けば私の顔は鬼のような形相に。
「あっ、これではいけない」
この先主人の頭から
私の事が消えてしまわないうち
やさしく接しようと決めました。
「毎日大変だけどずうっとそばに居るよ」
ハーモニカが大好きなあなた。
少し下手になってきたけど
毎日吹いて聞かせてね。
たくさん笑って一緒に長生きしたいです。

金澤《かなざわ》 たいさん（80歳・茨城県）

えっ！ 結婚50周年を祝おうかって、
それはないよ 何度離婚を考えた事か。
姑、小姑3人の渦の中、
あなたは仕事〱の連発、賭事、夜遊び、
私を振り向きもせず、今さらだよ。
私が心を静めるため選んだのは、
鈍行一人旅、神社仏閣めぐり、
やっと生きぬいた人生、今は一人
コーヒーショップで祝いたい心胸だよ。
だけど…まてよ、ここまで健康で
年を重ねられたのは、やはり、
あなたがいたからか、せめてお茶で乾杯！
神さま、このまゝで最高、
もう少し長生きさせてください。

金子《かねこ》 勅子《のりこ》さん（64歳・山形県）

朝4時に目覚まし3個をかけて起きる。
何十年ぶりに働きに行く。
脚立に登ってさくらんぼを収穫する仕事。
行く途中に朝日が私を応援してくれる。
一年かけて育って赤い実になった
さくらんぼは、なんと可愛い。
一粒一粒もいでいく。
このさくらんぼを食べて
笑顔になっている人の顔が目に浮かぶ。
長い間介護の日々だった私にとっては、
とても新鮮。
「働かせて下さい！」と言った私は、64才。
「すごいぞ私！」
また身体元気で働けます様に！

金村《かねむら》 麗子《れいこ》さん（74歳・広島県）

我が家はゴミ屋敷だ。
夫が定年退職して十四年　会社勤めの時の
書類がドカッ、地域の役員の時の書類がドカッ、
趣味の陶芸の作品、好きで集めた石や瓢箪《ひょうたん》、
何か入ったレジ袋がいくつも。
それらが庭も床も棚も、
押し入れから玄関も埋めつくしている。
別に重要書類ではないし、価値も、多分無い。
あんなに几帳面だった人が……
痴呆がきたのかと思ったが、そうでもない。
ただ棄《す》てるのが嫌みたい。
二人共七十四才、終活がしたい私。
どうか夫が心変りして、
終活に目覚めてくれますように。

亀井 カノンさん（85歳・三重県）

先の大戦では、
ぼくたち児童は先生に連れられて、
何度も出征兵士＝村人を
駅頭に見送りました。
日の丸を手に歓呼の声をあげて…。
あの村人たちは南の島に送られたそうで
ほとんど帰ってきませんでした。
少国民としてぼくは何をしたのでしょうか。
八十五歳になり、
今ぼくが願うことは、少年の日に
ぼくが犯した戦争協力の非を
きちんと問うことです。
記憶を検証しながら、
若い人たちにこれを伝えたいのです。

川本 テルヱさん（80歳・和歌山県）

八十才をすぎて、自転車をとりあげられ
車は最新装備に切り変わり、
かえって乗れなくなった。
ポンコツがなつかしい。免許証は
大事にサイフの中だがもう返納かなあ。
まだいけると思うがなあ〜。
近場を少し歩くだけになったけど
色づいた稲穂の波の上を、
久しく見なかった赤とんぼが
たわむれるのを目で追いながら
明日はあしたの絵がかけるやろ。
少しひきずりながらも、
足だけはとりあげないで下さい。
心で神さまにおねがい。

岸添《きしぞえ》 瑚子《ここ》さん（11歳・兵庫県）

パパへ
いつも一緒に本屋さんへ
連れていってくれてありがとう。
もう私も思春期です。
私に反抗期が来たら
一緒に本屋さんへ行く事も
無くなるのかな。
本屋さんまで話をしたり、
ママに内緒で食べる
アイスクリームおいしかったね。
私に反抗期が来ませんように。

瑚子

木部《きべ》 直美《なおみ》さん（54歳・大阪府）

年を重ねると嫌でも増えたなぁと
感じさせられる。それは「皺《しわ》」
とりあえずパックやクリームで
抵抗してみるものの、奴《やつ》らは年々深くなる。
眉間の皺は大嫌い。だって怒った時を
刻むから。私は眉間に深い皺がある。
それを見る度　今迄の人生、
そんなに怒りが多かったのかと愕然《がくぜん》とする。
逆に目尻の笑い皺は大歓迎。
笑顔の可愛いおばあちゃんを見ると
幸せな気持ちになる。
そんなおばあちゃんに私はなりたいのだ。
「毎日笑顔で過ごせますように」
私の願いである。

木本《きもと》 敦子《あつこ》さん（80歳・京都府）

50年前、夫の設計で
御所《ごせ》の地に建てられたわが家。
見渡す田んぼの中の「小さなおうち」だった。
幼少期を楽しく過した三人の娘たち。
結婚して、東京、京都、大阪に住んでいる。
帰郷して住むのは難しいが、
リノベーションして、何とか活かし
残したい！と、思い出いっぱいの「おうち」に集合して
又、思い出いっぱいの「おうち」に集合して
話し合い計画を進めてきた。そして、
夢に向かって少しずつ前進しつつある。
夫が亡くなって32年、
仲良し三人姉妹の願いが実現できますように
と老母は祈るばかりである。

木元《きもと》 優葵《ゆうき》さん（11歳・兵庫県）

学校が終わり、家へと向かう。
でも帰るとじゅくへとんぼ返り。
帰るころには夜ごはんタイム。
エレベーターのドアが開き、
私の楽しみ「かんきせん」。
その日のごはんを想像しながら
感じる香りはもう最高。
神さま、どうかお願いです。
おいしい香りをもっと下さい。
そしたらたったそれだけで
おなかがちょっとふくれるの。

草場 光子さん（55歳・福岡県）

今日のかぼちゃの煮物は格別の出来。
認知症で言葉も笑顔も消えてしまったけれど
食べる事が大好きな父は口に合った料理を
お箸でチョンチョンして教えてくれる。
煮かぼちゃは大好物、
チョンチョンが止まらない。
誤嚥《ごえん》性肺炎で入院して十日、
明日が退院と決まり
かぼちゃを煮ておこうと
包丁を入れた時　病院からの電話。
一日でも早く帰りたかったのかな。
格別の煮物を温かいうちに遺影の前へ。
美味《うま》いなあと笑う父に会いたい。

日馬《くさま》 美樹《みき》さん（61歳・東京都）

認知症の母は口癖のように
「あんたが定年になるまで頑張る」と言い、
毎日デイサービスに通い体操に励んでいる。
昨年の丑《うし》年で60才の定年を迎えたが、
母には「48才」みたいな顔で通している。
毎朝、母が
デイサービスの迎えの車を待つ間は、
私も出勤姿で玄関前に立ち、
母が車に乗り込むと、
駅に向かうフリをして、図書館やスーパー、
月に2回は八幡様にお参りにも行き、
家事に励む日々。
次の丑年も、48才で通せますように。

粂《くめ》 哲子《のりこ》さん（81歳・大阪府）

八月六日は父が戦死した日です。
妹はその一ヶ月後に生まれました。
戦地から父の最後の手紙には、
男の子の名前が七つ書かれていたとか。
母も早世し手紙は残っていませんが、
そんなにも息子が欲しかったのでしょう。
でも、お父さん安心して。
私と妹の子供は皆男の子。
ひろゆき・まさゆき・
かずき・もとき・けいじ
この中に息子につけたかった名前が
一つでもあって欲しいと願っています。
男の子五人の孫の写メ
宙に向かって飛ばしてみます。

栗原《くりはら》 文子《あやこ》さん（81歳・山形県）

手元に私が五ヶ月頃の写真が有ります。
両親にとって待望の娘とあって
晴着を着せ写真館へ。
足をバタバタしたのかオムツと足が丸見え。
この足があんよが
私の八十年を支えてくれたとは。
中三の時はリレー選手。
嫁いでからは姑夫婦、夫の介護、
一反歩の畑の管理。職業婦人子育てと
大きな怪我もせず、止まることなく
大地を歩き続けてきました。神様が
背中を押して下さったのでしょうか。
この足でこの足で
しっかり歩き続けたいのです。

黒石《くろいし》 史子《ふみこ》さん（48歳・千葉県）

父の日の一週間前に、ワイシャツを贈った。
父は、「ありがとう。でも、
せっかくだから、父の日に着るよ。」と、
妙なところに律義で、
ハンガーにかけて飾っていた。
一度も袖を通してもらえることはなかった。
父は天国に旅立った。
私は、あまり泣かなかったのに、
病院から帰宅して、ハンガーにかけてある
ワイシャツを見たとたん、
どうしようもなく胸が詰まって、涙が出た。
父の日になると思い出す。
父の日に悲しまないようになりたい。

黒江《くろえ》 良子《よしこ》さん（77歳・大阪府）

「ばあば、背中掻《か》いて」と遊びに来た
七歳の孫が夜になると布団に入って来る。
腕を伸ばして柔らかい孫の背中に
そっと手を当てると
手のひらには、不思議なパワーがあるのか、
何かが私の手から孫に
伝って行くように感じられる。
話し掛けながらさすっていると返事がない。
暫《しばら》くすると寝息をたてていた。
コロナ禍で会えなくなって三年近く。
次に会う事が出来た時
「ばあば、背中掻いて」と言うだろうか。
会えなかった日々の成長を
肌で感じたいと願っている。

久《く》和《わ》 春花《はるか》さん（10歳・長野県）

席替え、班替え、係替え。
あの子と一緒になりたいな。
だから、その日に向けて私は
「おまじない」をする。
お母さんは、「おまじない」なんて
気休めよ。と言うけれど、
「おまじない」は信じなければ叶わない。
やれる事はもうやった。お願いします。
どうかあの子と一緒になれますように。
そう思いながら、目を閉じてくじを引く。
全員が引いたら、
一斉に沢山の席が動き出す。
あの子となんとなく近くの席なのは、
おまじないのおかげかな。

小池 史恵さん（47歳・愛知県）

思春期を大きく過ぎて尚《なお》、
ただ不機嫌に心を閉ざしていた私。
朝早い仕事に就き、ほぼ始発出勤の毎日。
でも日曜日だけは、父が車で送ってくれた。
「頼んでもいないのに」そんな態度で
窓の外ばかりを見ていた30分間。
無駄だと思っていたその時間が、
愛されていた確かな記憶となる事に、
勝手な私は気付かなかった。
もしもあの頃に戻れるならば
ちゃんと目を見て伝えたい。
「お父さん、ありがとう。
今日も行ってきます。」

席替え、班替え、係替え。あの子と一緒になりたいな。だから、その日に向けて私は「おまじない」をする。お母さんは、「おまじない」なんて気休めよ。と言うけれど、「おまじない」は信じなければ叶わない。やれる事はもうやった。お願いします。どうかあの子と一緒になれますように。そう思いながら、目を閉じてくじを引く。全員が引いたら、一斉に沢山の席が動き出す。あの子となんとなく近くの席なのは、おまじないのおかげかな。

短文を重ねて綴《つづ》られた作品の、なんと軽快なこと。アップテンポなBGMが流れてきそう。おそらく久和さんは、コンクールのHPにあるはがき用の原稿用紙に書かれたと思います。まさに200字、ぴったりです。文章と文字数を合わせるスキルの高さにうなりました。大人でも難しいのですよ。

幸森《こうもり》 ひなた さん（14歳・福岡県）

私には一つ、
理解してもらいたいことがある。
それは私がいつも
眠気に抗《あらが》っているということだ。
私はいつも授業中につい眠くなってしまい、
最終的にはねてしまうのだが、
けして降参したわけではない。
迫りくる眠気とまぶたに
惜しくも負けてしまったのだ。
ほほをつねったところで、
どうしようもなかったのだ。
起き続ける覚悟と自信ならあったのに。
そう。あったのに。だから
どうか明日の私を怒らないでほしい。

小林 郁子 さん（49歳・東京都）

今日、娘の受験に引率しました。
この道、30年前の冬、
私も母と歩きました。
雪化粧の並木通り、小さなパン屋さんで
カツ（勝つ）サンドを買って、受験会場へ。
私を待つ間、母は神社に
合格祈願に行っていたと後から知りました。
そしていま、
娘は私と同じ道を歩んでいます。
いつか娘がお母さんになった時、また
この風景に出会うといいな、と願います。
美しい並木通りと、焼き立てパンの香りと、
そして子を思う母親の温かさと。

小《こ》林《ばやし》 遥《はる》翔《と》さん（10歳・大阪府）

ぼくのお母さんは
「テレビを見たらダメ」というから、
ぼくはいつもがまんしています。
お母さんが仕事や用事で出かけるときは、
テレビのカードをかくしていきます。
でも、ぼくは見つけるのが
とくいなのですぐ見つけます。
ですがぼくがカードを見つけた
とお母さんが思ったとき、
すぐに場所をかえられてしまいます。
今度はどこだと思ったら、
数秒間で見つけられました。ぼくは
これがおもしろい遊びや思っているので、
次も別の場所にかくしてほしいです。

古《こ》村《むら》 紗《さ》織《おり》さん

おじいちゃんとおばあちゃんの家は
もうない。いまはそこに新しい家が建って、
きっとすごくすてきな
知らない家族が住んでいる。
私は見に行かない。
これからも確かめることはない。
私が覚えていればいい。どうか、
あの家の玄関を開けるときのあの音を、
私はぜったいに忘れませんように。
うそのような、「ッタ！　キュ、ポ」
みたいな、なめらかでない、
開けるのにこつがいるドアのあの音を、
私はぜったいにぜったいに
忘れませんように。

小山《こやま》 李紗《りさ》さん（34歳・宮崎県）

じいちゃんにまた手紙を書ける
機会があって本当に嬉《うれ》しいです。
じいちゃんが亡くなってから、
部屋に入った時、涙が止まりませんでした。
私が喜ぶからと徘徊《はいかい》して買ってくれていた
たくさんのシャボン玉を見て。
二十才の私はそんなじいちゃんに
そっけない態度を取ったことを
今さら後悔しています。
今や私も母となり、
じいちゃんが遺してくれた
シャボン玉を吹く日々です。
私と娘の笑顔が映ったシャボン玉が
天まで届きますようにと願いを込めて。

さきさん（19歳・広島県）

恋なんて知らなかった。
恋なんて興味なかった。
すれ違うカップルを見ても
何も思わなかった。
こんな私に好きな人ができた。
恋って楽しい。世界が輝いて見える。
好きになってもらいたくて
ダイエットをした。かわいい服を買った。
スカートを履くようになった。
先輩、先輩に恋しちゃいました。
先輩の大切な人になりたいです。
前を歩くカップルを見て、
いつか私も、なんて思っちゃってます。
先輩、大好きになっちゃいました。

佐藤《さとう》 優《ゆう》さん（7歳・奈良県）

わたしのお母さんは十四才です。
学校のお友だちは、
だれも信じてくれません。
みんな「そんなわけがない」
と言ってわらうけれど、お母さんに
何回聞いても「十四才」と言うし、
お母さんのおたん生日のケーキに
ローソクが十四本立っていたので
本当です。でもこの前、
お母さんがお友だちとお話をしていた時
「もう三十年くらい前の話やよ」
と言ったのが聞こえました。「あれ？」
かみさま、知っていたら教えてください。
お母さんは何才ですか？

佐野 直美さん（56歳・山梨県）

6月に母が倒れた。脳梗塞だった。
左手左脚が完全に麻痺し、先生からは
寝たきり宣言。88歳、認知症あり。
ああ、もうだめだと正直あきらめた。
7月、退院して週2回のリハビリ。
あれ？　左足が地に着いている、
膝が少し曲がった？
8月、支えられてだけど
自分の両脚で立っているよね？
ちゃっかりVサインして笑っている。
すごいよ。万歳！　本当にがんばったね。
入れ歯を忘れているけどさ。
この歳《とし》でも進化し負けない母。
長生きしてよ。

はがきの名文コンクール実行委員会スタッフだより

締切日の翌日、スタッフは待ちに待ったはがきとの対面の瞬間を迎えます。
選考部屋と決めた一箇所に集まって、毎日一日中はがきを読みます。
一枚を少なくとも二人が読みますし、感動したり、面白かったはがきは
全員で回し読みをするので、日を追うごとに多くの作品を共有します。
最終選考会の日は、固唾《かたず》を呑《の》んで結果を待っています。
ついに受賞者が決まれば、次は表彰式の準備。
奈良県御所《ごせ》市の職員と力を合わせて開催します。そうして当日——。
これまで催した表彰式は8回。
忘れえぬ表彰式のあれこれを少し、お伝えします。

表彰式ではピアニストによる生演奏をBGMに、御所おはなしの会のお二人が受賞作品を朗読します。作品ごとにイメージに合わせた演奏と心のこもった朗読は胸をうち、思わず涙がこぼれてしまうことも。舞台袖でお渡しする賞状を準備しながら聞いているので、涙で賞状を汚さないようにと気をつけています。

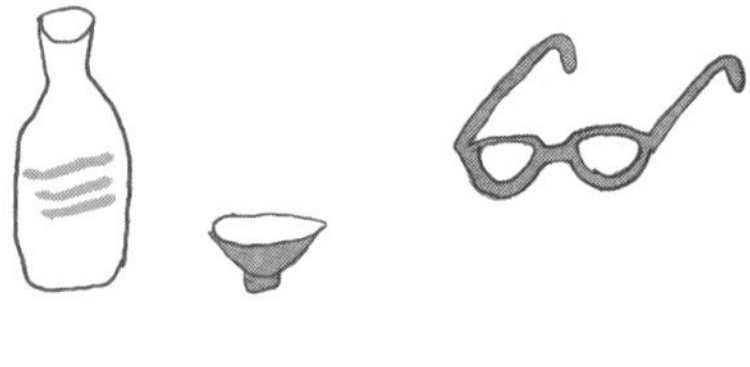

表彰式は御所市のホールと郵便名柄館で催しますが、交通手段としては多くの方が「橿原神《かしはらじん》宮前《ぐう》」駅からバスで移動します。葛城山《かつらぎさん》、金剛山《こんごうさん》を窓から眺めながら会場まで約二十五分の間、受賞者はスタッフによる周辺案内を聞きながら、驚かれたり頷《うなず》かれたり、質問されたり。初対面の緊張が徐々にほぐれていくのが感じられる貴重な時間です。

お年頃の受賞者には一度お電話でご案内したきり、その後はこちらからSMSをお送りするのみとなる方もいて、当日お目にかかるまで受付でドキドキしながらお待ちします。でも、そこは今どきの若者。問題なく到着され、表彰式後の一言主神社詣ででは写真撮影も楽しまれます。同年代の我が子と重なり、我が子が受賞したかのようにうれしく思いました。

受賞者のお人柄に触れ、その作品が心に刻まれる瞬間があります。その方は、ご家族が外出先で亡くなったときまで時間を戻して隣にいさせてほしいと願いました。表彰式には遠くから来てくださり、終わるとすぐお子さんの元へ戻られました。帰り際、何度も頭を下げて。あれからその作品はずっと私の中にあります。「ただいま」は愛《いと》おしい言葉になりました。

表彰式の後、有志の方々と参拝する一言主神社は、素敵な撮影スポットでもあります。皆さんの写真をお撮りすると、「わぁ、ステキ！　来年の年賀状の写真にします」と言っていただけることも。夏頃はがきに書かれた願いが、秋には受賞作に選ばれ、その記念写真が翌年の年賀状を飾っている――願いが紡ぐ糸によって、幸せな未来が導かれているように感じます。

毎年万全の準備で開催する表彰式ですが、終わってみると、ご高齢の受賞者の方に他の方が手を差し伸べてくださったり、小さいお子さんの受賞者には隣の方が起立の合図を出してくださったり、今年も受賞者の方々に支えられてつつがなく終えられたと実感します。次回もきっと和やかな表彰式になるでしょう。出席をめざしてはがきを出してみませんか。

忘れられないのが嵐の中の表彰式です。郵便名柄館の庭園で、さわやかな秋空の下の開催となるはずが、あいにくの嵐で強風に煽《あお》られながらの朗読、司会者の頭上のビニールシートには大きな水たまりが。いつか破れるのではとヒヤヒヤしました。ですが、作品への熱い共感は雨にも負けず、この年も熱気にあふれた表彰式となったのでした。

――ぜひ、表彰式でお会いしましょう！

鹿野《しかの》　加代子《かよこ》さん（70歳・神奈川県）

常々羨ましいと思う人達がいる。
「ああ言えばこういう」人、だ。
私は密かに感心する。
言いたい事がポンポン出るのは瞬時に
的確な言葉のチョイスが可能だという事。
そんな能力を備え持つ人は
絶対頭の回転が早いに違いない。
私はといえば真逆。
後になってから言えば良かったただの
こうも言えたはず、
などとクヨクヨ後悔数知れず。
お願いです、
「来生は口から先に産まれさせて下さい。」
きっとサバサバとした人生になる、かも。

末永　琴音さん（17歳・長崎県）

「さあ、今日はどうだ」と祖父が聞き
「あーしたした！　いい匂い」と私が答える。
毎朝車で高校へ行く時
イチヤマの前で窓を開ける祖父と私。
私が高校へ行く時間はちょうど
パンの焼きたての匂いがするのだ。
「おー、じいちゃんも匂ってきた！」
運転しながら嬉《うれ》しそうに笑う祖父。
もう半年後には私は地元を離れる。
夢見る大学へ行くのだ。
どうか私の住む所にも
毎朝パンの匂いがしますように！
私の1日はパンの匂いからスタートなのだ。

杉野《すぎの》 一輝《かずき》さん（13歳・福岡県）

今、世界では環境問題、戦争、感染症などの
様々な問題が起きてしまっていて、
大変な状況になっています。私はもう
中学二年生ですが、小学校低学年のときは、
こんなに世界は大変ではなかったので、
今の世界で起きている問題を解決する事が
どれだけ大変かがよく分かります。
最近は、テレビを見ても、
昔と違ってほとんどのニュースが
暗いニュースになってしまいました。
世界中の人たちが、一生懸命努力しても、
解決しない問題なので、すぐになんとかなる
とは思いませんが、また平和な日々に
戻れたらいいなと思っています。

すももさん（58歳・埼玉県）

「見送ってくれなくていいから！」
娘は不機嫌にそう言って、玄関を出て行く。
「やっちまったな」と私は呟《つぶや》く。
コミュニケーションが苦手な30歳の娘は
毎日　職業訓練に通っている。
今朝はつい、
些細《ささい》な事で小言を言ってしまった。
臍《へそ》を曲げた娘を陰ながら見送る。
毎朝早起きをして、一人暮らしの祖母に
必ず会いに行く優しい娘。
その背中に願う。
毎日の努力が実って、
娘が笑顔で働ける職場に出会えますように。

高《たか》 眞由美《まゆみ》さん（63歳・東京都）

お父さんが孤独死した日のことは、
あまりにも突然で何も覚えていません。
葬儀を無事に済ませるのが精一杯で
泣く暇もありませんでした。
数日後、遺品の整理をしていた時、
電子レンジの中に冷たくなった
コンビニのお弁当を見つけて、
涙が止まりませんでした。
温かいご飯を食べさせてあげられないまま
あの世へ旅立たせてしまったことが、
悔やんでも悔やみきれません。
天国にいるお父さんに、
私の手作りのホカホカのお弁当を
届けに行きたいです。

髙山 美由紀さん（60歳・長崎県）

子供の頃は畑仕事の手伝いが嫌だった。
余暇を自由に遊ぶサラリーマン家庭の
子らをうらやんだ。
特に夏は今ほどの暑さではなかった
とはいえ、暑かった。
夏草のむんむんする匂いを嗅ぎつつ
汗だくで働きながら、「なんでウチは……」
と家業に怒りすら湧いた。
けれど今、あの頃ひと休みして畑に座り、
父や母や祖母と食べた
アイスの美味を思い出す。
あれこそ幸せだったと……。
どうかその事を知った私で、
あの時間に戻してください。

竹内《たけうち》 褎《ゆずる》さん（84歳・大阪府）

近頃めっきり減ったが、
くぎ煮を炊く匂いが漂よい初めると
浪花の春は頂点。体調如何《いかが》？　例年通り。
自家製のくぎ煮を僅少だが送付。
「山地からでは、お返しの品が無い」
との毎々のお言葉は論外！
不要に願う。風に乗った桜花の一片が
機嫌伺いに来たと気軽に肴《さかな》にどうぞ。
寄る年波で生姜の千切りや
大鍋振りに切れがなくなり味に少し不安。
後、幾度春の機嫌伺いができるか
おぼつかない日々。
君の笑顔と箸使いを想《おも》いながら
ペンを置く。　　御自愛、ごじあい

竹内《たけうち》 祐希《ゆき》さん（25歳・京都府）

私は今、おばあちゃんを幸せにしたい。
杖をつき、耳も遠くなった祖母。
どこへ連れていっても、
自分を足手まといと謝ってくる。
「おばあちゃん、
歳《とし》取ることを謝らんでいい。
生まれた時泣いてすみませんでした、
なんて言う赤ちゃんいる？」
「私が出来ることが増えていくのと同時に、
少しずつ手放したらいいんやで。」
それを聞くと、ワー！と泣きだした。
これからたくさん甘えてね。

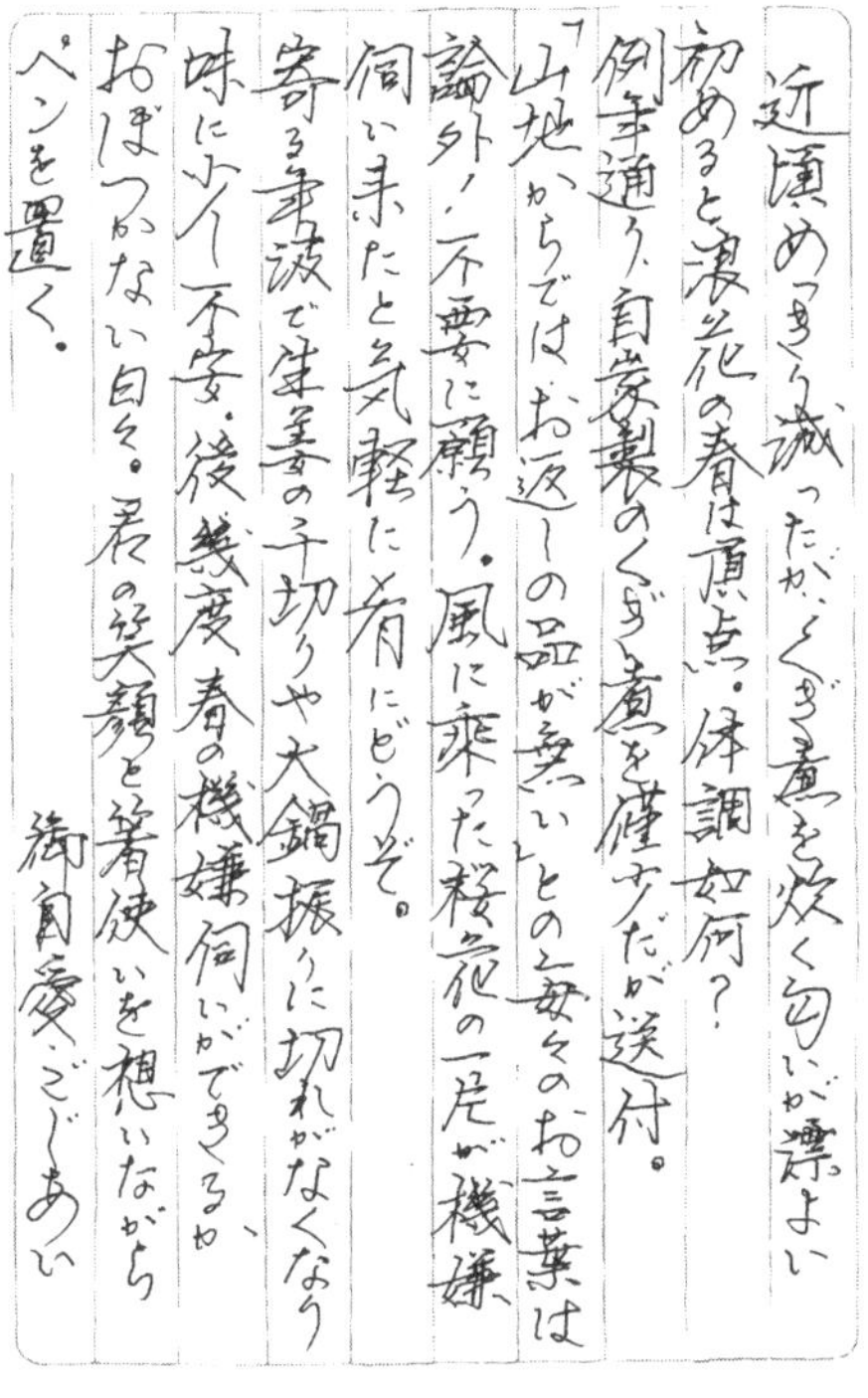

近頃めっきり減ったが、くぎ煮を炊く匂いが漂よい
初めると浪花の春は頂点。体調如何？
例年通り、自家製のくぎ煮を僅少だが送付。
「山地からではお返しの品が無い」との毎々のお言葉は
論外！不要に願う。風に乗った桜花の一片が機嫌
伺い来たと気軽に肴にどうぞ。
寄る年波で生姜の千切りや大鍋振りに切れがなくなり
味にも不安。後幾度春の機嫌伺いができるか、
おぼつかない日々。君の笑顔と箸使いを想いながら
ペンを置く。
御自愛、ごじあい

桜色の罫線が引かれたはがきに並ぶ文字の美しさ。美しい筆跡を「水茎《みずくき》の跡」といいますが、まさにこれこそがという達筆です。作品集収載をお伝えすると、返信には、はがきの「君」に知らせますとありました。70年来のご友人とのこと。毎春、お互いを思いやるご関係に憧れが膨らみます。

竹谷《たけたに》 俊夫《としお》さん（68歳・奈良県）

ぼくは小さい頃、
兄を「あったん」と呼んでいた。
冬のある朝、兄は
まだ暖かい豆炭行火《あんか》をぼくの足元に入れ、
新聞配達に出かけて行った。
うたた寝していたぼくはなぜか
行火で右足のくるぶしをやけどした。
しばらくして、兄がダンプカーと衝突した
と連絡があり、突然帰らぬ人となった。
一八才の兄は、六八才のぼくの
永遠の兄で居続ける。
勉強も腕力もかなわなかったが、
兄の思いが甦《よみがえ》る。
「あったん」に会いたい。

多田 克典さん（78歳・新潟県）

合鴨農法で米を作って二十六年。
外敵との戦いが日課です。ネットを張り
電柵を設置していろんな機具を試したが敗北。
物理的な方法がだめなら精神的に訴えてみる。
農道のまん中で八方向に頭を下げ一周する。
動物達よおまえさん方も
生きなければならないのだ。
二割までは我慢するが
それ以上は取らないでくれ。
俺が生きてゆけなくなるから。
見えない敵と協定を結び
ただひたすら祈るのみ。
どうか言葉を持たない動物達と
共生できる術を与えて下さい。

辰口 榮治 さん（94歳・北海道）

総理へ　あのイクサの日私は、
札幌平岸から斎場の有る中島公園迄
激しい秋雨の中を歩きました。
アッツ島玉砕で亡くなられた
〝山下上等兵〟の白布で覆われた遺骨箱を
しっかりと持って…。
途中少し揺すってみましたら、
〝コロコロ〟と。
玉砕ですから中味は骨一片では無く、
そのへんの路傍に無数に有る
冷たい石ころでは無いのかと…。
私は濡《ぬ》れてもかまわない。
せめてこの箱をぬらさずに済む、
一本の傘がほしいと思ったのでした。

田中 美由紀 さん（82歳・滋賀県）

又今日もさいたさいたさいたと
ラジオから盛んに聞えてくる言葉
「咲いた咲いたチューリップの花が」
ならいいのに
「最多最多コロナにかかった人の数」とは
やるせないニュースに
もううんざりの毎日です。
一言主神社の神様　どうか
新型コロナウィルス感染はこれで打ち切り
一刻も早く終息させて下さい。
マスクをはずして皆が手を取り合ひ
明日に向かって前進する
日本・世界となりますように
よろしくお願い致します。

谷口 美樹さん（31歳・大阪府）

2歳で兄になった息子へ
いつも自分が一番だった世界が急に変わって
甘えたい盛りのあなたに
毎日怒って　ごめんね。
二人でよく歩いた散歩道、前は抱っこして
桜の花びらを触らせてあげられたのに。
今では一度も抱っこを求めず、
一生懸命歩いてくれて　ありがとう。
赤ちゃんの為に外出を控え
「明日は粘土」と笑顔で眠りにつくあなたに
優しい時間を与えてあげたい。
春には幼稚園児になる君、もう一度
二人きりであなたの大好きな
お花を見ながら　散歩したい。

谷《たに》 優奈《ゆうな》さん（9歳・岡山県）

自分の部屋がほしい！
私は小学四年生だ。
まだ親には甘えん坊だけど、
かすかに自分の部屋がほしいと思っている。
なぜなら友達が来た時、
親に見られずにあそぶことができるからだ。
あと、ゆっくり勉強ができるからほしいんだ。
でも一つ注意してほしいことがある。
それはベッドをおいてほしくない。
なぜなら親とねたいからだ
それと私は
トイレに行きたくないくらい夜が苦手だ。
どうか神様早く部屋を作ってください。

玉置《たまき》 陽飛《はるひ》さん（17歳・和歌山県）

今僕は泣いています。
心の中で泣いています。
表に出さず、心配もされないまま。
あれだけ表に出して泣き叫んでいる子は
心配され守ってもらえているのに。
まるで、〝弱い者勝ち〟。
僕だけが辛《つら》い思いをする。
でも、こんな強い自分は嫌いじゃない。
むしろ、誇らしい。他人にどう思われても。
それでも、時々ベッドの上で
無性に泣きたくなる時がある。
どうか僕を守ってください。
どうか僕を弱くしてください。
どうか僕を……孤独から解放してください。

辻岡《つじおか》 瑛雄《てるお》さん（80歳・奈良県）

あんなに打ち込んでいた剣道もやめ、
目標を失ったのか、
だらだらと過していた孫の理人《まさと》。
当然大学受験も全滅だった。
そこで爺は新聞の切り抜きを封書で送った。
一通、二通、三通、多い日は日に二通。
内容は芸能人や作家など有名人の
受験の失敗談ばかり。すると、
やさしい一辺倒の婆あてメールが来た。
「来年は第一志望の大学へ必ず合格します」
爺としては、大学だけが人生じゃないよ
と言いたかったのだけれど。
神様、孫の願いでもいいから、
よろしくお願い致します。

中島 志穂さん（21歳・滋賀県）

ばあちゃん。道行く人みんなに
「滋賀から孫が来てくれてね〜」
って紹介すんのやめてーや。卓球ももう
やってないし学校も卒業したんやって。
ハガキ出すと喜んで電話くれるけど、
昨日も電話くれたって。
何をやっても褒めてくれるけど
そんな凄《すご》いことしてへんねんて。
電話に出ると「今、あんたのこと
考えとってん、思いが通じたな」
って言うけどそっちからかけてきてるやん。
っていつもキツく言ってごめん。
でも志穂のこと、
これからもずっと忘れんといてな。

長野《ながの》 汰駕《たいが》さん（12歳・静岡県）

ぼくの「最初」には、
いつもじいじがいた。
初めての寝返り、初めての一歩、
初めての肩車、初めてのおしゃべり、
初めてのランドセル、初めてのつり、
初めての剣道、初めての…。
じいじは大きな病気をたくさんしてきた。
でも、いつもそれに勝ってきた。
じいじ、今度の病気も絶対勝って。
それで、ここから先のぼくの初めても
まだまだ一緒に見届けて欲しい。

反抗期の孫　より

中村《なかむら》 文亮《ふみあき》さん（34歳・岐阜県）

ゲイである自分に苦しんで、
バイクで日本をまわり、
バックパッカーとして世界一周をした。
アルゼンチンの宿で、
旅人に旅の終わりはどこなのかと聞いた。
彼は自分の財宝を見つけた時だと答えた。
宝物を目指す海賊のように。
そしてそれは皆違うものだと。
ずっと誰かの願い事の中を生きてきた。
故郷がしがらみを繰り返した。
交差する国境の上に立って、
僕は初めて自分の為に願いたい。
旅を終えたここから、愛する人と、
愛した自分を愛せますようにと。

野田《のだ》 鮎子《あゆこ》さん（40歳・東京都）

三人の息子へ

一度あなたたちと兄弟になってみたい。
顔を真っ赤にして殴り合っていたと思うと、
花火みたいに三人で笑い合ったりしている。
気がつくと、卍の字みたいになっている。
あなたたちの一画になって
過ごしてみたいなあ。
いつかそれぞれの生き方を見つけて、
三人で一文字みたいに過ごした毎日を
時々思い出して下さいね。

朴《パク》 巨星《ゴソン》さん（32歳・東京都）

僕は体がデカい韓国人なのに、
辛い物が嫌いだ。
職場で体が細い大阪出身の金子君は、
辛い物が大好きだ。
彼はいつも休憩室で、
ご飯とキムチを食べている。
「くっさいな!!」
「体にええもんを食べへんと損しまっせ！」
こんなふうに口喧嘩するが、
仕事が終わったら二人でジムへ行き、
汗を流す。いつか　金子君と一緒に、
ビールを飲みながら笑顔で
キムチを食べられますように。
あ、金子君もムキムキマンになれますように。

長谷川 律子さん（76歳・東京都）

友と話をしていると、
暗証番号を解読する様な、
宝箱を開ける鍵を
見つけたような瞬間がある。
目の前がひらけポップコーンが弾ける。
どう頑張っても
六合目か七合目しか行けないのに、
九合目へ、一気に頂上へ行けてしまう。
思いがけない力が生まれ
自分の幹の部分にしっかり触れている。
鳥が風をとらえ飛んで行くのに似ている。
上昇気流に乗り舞い上る。
言葉は人に届いてこそはじめて言葉となる。
76才。その意味を深く高く知りたいと思う。

林《はやし》 一美《かずみ》さん（90歳・岐阜県）

農家に生まれ、農に生かされ、
土に活かされて九十年
「土人生」に悔いはない。
世間のかけらに過ぎない農夫なれど、
土に起《た》つ時
地下足袋の底に感ずる大地の温《ぬく》み
お袋のふところの温みを
全身に感ずる。
土に流した汗の分だけは
土はお返しをくれる。
親の汗した汗の倍　汗流そう。
そこまでは生きたい。

樋口 元宏さん（48歳・愛知県）

「よし、いいぞ！
一問でも進め！　一文字でも進め！」
この時期、お父さんは
紗世ちゃんの夏の宿題の応援団です。
小四の今のうちはわかるから、
教えることができるけど
そのうち難しくなって
教えることができなくなるからね。
いずれは一人で夏の宿題をやるんだよ。
紗世ちゃんが一人で
夏の宿題をやるようになったら
お父さんは少し悲しい気持ちになるけれど
うれしい気持ちのほうがいっぱいです。
あと少し！　もうひと踏ん張りだ！

檜《ひの》木《き》の香《こ》さん（11歳・愛知県）

見たくない。言いたくない。聞きたくない。
とうとうこの日が来てしまった。
さらば。夏休みよ。
「まだある」「まだ半分ある」に戻りたい。
ゴロゴロしなきゃよかった。
見たくない。準備したくない。
しょいたくない。ランドセル。見たくない。
ふみ出したくない。入りたくない。学校の門。
流星のように去った夏休みよ。
落としたコップのように
砕けちった夏休みよ。
さらば。小学校最後の夏休み。
お願いだ。戻しておくれ。
出来るなら、一年生の夏休みに。

檜《ひ》山《やま》茂《しげ》子《こ》さん（81歳・東京都）

針仕事をしている時
ふと右手の中指を見ると　年季の入った
革製の指抜きに目が止ります。
中指と一体となって
無駄のない力を発揮します。
中指一本の力はごく僅かですが
さり気なく寄り添って、
針を進めるためには
無くてはならない存在となっています
私は生きていく上でこの指抜きのように
目立たずともどこかで
人の力になれたら……と願っています
どうぞその力を与えて下さい。

廣脇《ひろわき》 直子《なおこ》さん（49歳・三重県）

吹奏楽の音が聞こえます。
あなたの高校最後の夏。
小三で始めた野球が
こんなに長く続くとは思いませんでした。
大事な大会の日の朝は、いつも
今日と同じように「活躍できますように、
勝てますように」と願いながら
トイレをピカピカに磨きました。
今朝はお父さんが黙って
庭の草をひいていました。思いは届かず、
仲間のヘッドスライディングで試合終了。
みんなと涙を流し終わったら、
胸を張って家に帰っておいでね！
お母さんより

福田《ふくだ》 敏《さとし》さん（92歳・長崎県）

8月9日、今日は77回長崎原爆忌です。
11時2分——その時——
私達は運動場で教練の授業が始まり
整列した途端、敵機らしい爆音が
急降下したかと思った瞬間、
落雷に似た強烈な音で
あたりは快晴から闇夜に急変
——「父《とお》ちゃん、母《かあ》ちゃん」と叫びながら
足は空気の渦に奪われました。
「死とは孤独だ」と思う一瞬を
味わったものです。
15才で何の障壁もない運動場の真ん中での
被爆体験を傷付く身体で
語り続けたいと願っています。

福田　千代子さん（77歳・兵庫県）

ゆきずりの母子の会話に心うたれ、
その男児と二言三言言葉を交した。
昨日、誕生日で5歳になったのだと。
微笑《ほほえ》み交し立去り際、背後から
「またあおうね！」元気な声だ。
「またあいましょうね」と返し別れた。
何とも清清しい。またあおうね、
心を繋ぐ珠玉の言葉だ。八年前、
夫の今際《いまわ》の際に唯《ただ》涙に暮れるばかりで
ひと言「またあいましょうね」
と言えなかったばっかりに
心残りの日々である。
願わくは夫に伝えたい。
またあいましょうね、と。

藤本　優子さん（74歳・埼玉県）

お母さん、私は一年、三六五日、
朝、昼、晩、ここ何年も、貴女《あなた》様のお尻の
掃除を担当させていただいております。
九四才に成られる貴女様は常々私に、
おっしゃいます。
「私は、頭は、まだしっかりしているからね。
あんたの言った嫌みも、忘れないよ」と
更に、「あんたもこの歳《とし》になれば
こうなるよ」とも!!
口は、お尻ほど物を言うと申しますか
ああ!!　神様、
この母上の口を一時程閉じて下さいませ。
私は、このお掃除が今では、
生きがいになっているのでございますから!!

法蔵《ほうぞう》 美智子《みちこ》さん（78歳・奈良県）

重いトランクを抱え、
漸《ようや》くの思いで乗車した高齢の私に、
すぐに立ち上がり
席を譲ってくれる青年がいた。
その青年の体は大きく傾き
彼は障がいを抱えていた。ほんの一瞬、
申し訳ないのではと思案したが、
すぐに打ち消し、「ありがとう」と座った。
青年が降車する際、座席の私と目が合った。
彼のマスクの目元が笑っている。
思わず私も笑った。
共に生き合う願いがあったかく胸に満ち、
只々嬉《ただただうれ》しかった。今も私は、
心の中でありがとうと言っている。

宝利《ほうり》 五十鈴《いすず》さん（71歳・愛媛県）

孫（男）が、今日も泣きながら
幼稚園に行ったと娘から悲痛な声。
親も共に泣く事一年。
やっと通園に慣れた頃、転勤で他県に。
この先、どうなる事かと心配したが、
ある時、娘から
「うちの子天才かも」と、弾んだ声。
そうそうどこの親も一度は思うものよ。
暫《しばら》くして「ばあば、期待せんといて。
スポーツも頭も普通だから。」と沈む娘。
普通で結構、元気が一番、
泣いて笑って育んだ孫も、来年一年生。
どうかこの親子のどばたばぶりを
いつまでも長く見れますよう。

松尾 ススム さん（80歳・長崎県）

息子一家の帰省、久し振りだね。
いそいそと街のショッピングセンターへ
出かけ、グローブを二つ買ったよ。
父さん八十歳、
忘れ物はないか振り返る歳《とし》になってね。
願い事はタイムスリップ。
君には思春期時代、寂しい思いをさせた。
バブル絶頂とその崩壊期、
父さんは仕事に没頭。
父と子の会話あったかな。
今度、キャッチボールをするぞ。
「これこれ、これだよ父さん。
ずっとしたかったんだ」
あの頃の君の声が聞こえてくる。

溝口 禎之 さん（61歳・兵庫県）

全国の勤農の同志たちよ
草刈りに勤しむ同志たちよ
草刈りはしんどい　このしんどさは
やったことのある者にしか分からへん
今年も草刈りの季節がやってきた
燃える夏の草刈りや　草刈りは戦いや
敵は太陽と青々繁った巨大な草軍団や
相当な数や　対してこっちは独りぼっちや
だからな、無理したらあかんのや
一度や二度逃げてもかまへん
最後に残った方が勝ちや
だから、絶対に無理したらあかんからな
全国に散らばる同志たちよ
今年も死なないでくれ

宮地《みやぢ》 政利《まさとし》さん（64歳・山口県）

孫がクマのぬいぐるみを発見。
超高速のハイハイでゲットする。
最近はソファの背もたれに
つかまり立ちをしてじっと世間を一望する。
目が合うと愛嬌たっぷりににこにこと
微笑《ほほえ》み返す。コミュニケーションも
ばっちりだ。ソファから手を離せば
二足歩行もまもなくである。
一方、私には進行性の持病がある。
近頃は寝返りも歩行もままならない。
表情も乏しくなった。成長と老化。
元気なジィジの姿がいつまでも
孫の脳裏に刻まれるよう、
今日もリハビリをがんばる。

水六月《みろくづき》 じゅんさん（東京都）

母ちゃんは朝と夕、縁側に僕を立たせた。
裸にして体の隅々を点検した。
僕は身体検査と呼んだ。
広島市の比治山《ひじやま》にある平屋建て。
昭和二十年九月、僕はそこで生まれた。
身体検査は原爆症の発症を
恐れてのことだと後に聞いた。
母ちゃんは僕が中学へ上がる前に
手遅れで死んだ。母ちゃんに
身体検査をする者がいなかったからだ。
しわと節だらけの小さな手の母ちゃん。
僕はいいです、
母ちゃんの身体検査こそ
お願いしますと今でも言いたい。

むらかみしゃんこ さん（55歳・大阪府）

Dear 親鸞《しんらん》様　私は
強欲・怒り・ねたみ・そねみに満ちた毎日を
身勝手に生きている悪人でございます。
煩悩三昧の人生を送っており、
あろうことか、その様な人生を愛し、
楽しんでおるばか者でございます。
阿弥陀《あみだ》様は悪人をこそ
お救いになると、お聞きしました。
阿弥陀様に救われてしまったら、
と思うと、私は不安で眠れません。
どうか罪悪深重のこの身を救うことなく
この濁世《じょくせ》に留め置き下さる様、
阿弥陀様によろしくお伝え下さい。
From うっかり寺に嫁いでしまった凡夫《ぼんぷ》な坊守《ぼうもり》

村松 理沙 さん（44歳・静岡県）

昨年末に家業をやっていくことを決めた。
家は約150年前から続く塗りものの家。
中学の時、長く伸ばしていた髪を切り、
美容師さんのすすめで切った髪を
残しておいた。紙袋に入ったその髪は
30年以上使われずそのまま。
今年に入り、漆塗りに使う刷毛は
女性の髪を使って作られていると知る。
昔の自分の髪は漆刷毛として
生まれ変わり、大事な道具となった。
塗師屋として
この家に生きていたご先祖さま、
これからの私の漆塗りを
どうか見守って下さい。

持田 より子さん（55歳・静岡県）

「見て、電車の絵描いたで」
そんな電車大好き息子も今では
社会人2年目　コロナ禍の就職活動で
やっと手に入れた鉄道会社のキップ
今、車掌になるため、社会の厳しさに
心、折れそうになりながらも、日々奮闘中
小さかった時、
窓に顔をつけて運転席を見ていたね
いつの日か、そんな息子の運転する電車に
乗れる日がくるかもしれない…
それを思うと母は涙が止まらない
どうか息子よ　乗客一人一人に寄り添える
人間味のある車掌に、
運転手になるんだよ…　　母

持丸 美代子さん（85歳・茨城県）

お母さん　私は今八十路を歩いています。
遥か遠く九十九折《つづら》の山脈が
雲に霞んで見え隠れしています。
今はコロナ禍で人影少く
家の中にこもっているのか
誰も来ない、行かない淋しい世の中です。
お母さんの遺影がいつの間にか
若くなっているのよ。
おいしい物を食べる度、お母さんを思い、
涙するのです。遠からず訪れる
限りある人生、八十路も晴れたり曇ったり
終着駅はまだ見えません。お母さん
私の席取って置いてね。二本の杖で
ゆっくりゆっくり歩いて行くから。

森 正彦さん（55歳・岐阜県）

冬、母は入院する前、
自分の写真を全て破り捨てた。
制止する父の手を振り払い、
私のことを思い出して
悲しまないでほしいと泣いた。
春、母は亡くなった。アルバムはもぬけの殻。
しかし写真より鮮明な思い出が
父の頭に残っている。
私は時々、父に会いに行く。
母のアルバムを見るために。
だから御仏になったお母さんに
お願いがある。
父の記憶まで取り上げないでください。
認知症にはしないでください。

柳 美代子さん（71歳・山口県）

私は高齢者施設で調理に従事
私の出番と居場所です。
勤務表を渡される時　思わず
「ありがとうございます」が口から出ます。
そしてシフトに組まれた自分の名前を
見るとすごく「ほっ」とします。
社会の中に「立ち位置」が
あるような気がして嬉《うれ》しいのです。
これから先はお世話に
なることも多かろうと思いますが、
71才　まだまだやれそうです。
貢献年令を重ねさせて下さい。

山内《やまうち》 令子《のりこ》さん（85歳・愛知県）

時々一人カラオケに行く。コロナの為か
年齢を西暦から書いての個室入り。
西暦？と呆れ乍《なが》ら毎度一九三六年と書く。
受付女子がギョッとした目をする。
歌の最中に!!
受付が代わる度に同じ反応を見る。
こっちでお察しする。
昼前の田舎町のカラオケ店に若い人はいない。
隣から古い歌が爺さんめいた声で流れてくる。
あっちも一人か。少し黄昏《たそが》れる。
願わくば此処《ここ》でコロリとはならず、
曲の入力は素早く、大声は出続け、
嚥下《えんげ》障害予防の為の
個室通いが続くことである。

山﨑《やまざき》 仁《ひとし》さん（80歳・東京都）

漢和辞典ほどおもしろく、
ためになる書物を私は知らない。
若い時の私はこの書物の価値を
全く知りませんでした。人にすすめられて
漢字の筆順を知るために買ったのですが、
その後、この書物のとりこになりました。
漢字の成り立ち、意味、熟語、人名の読み方
まで網羅して漢詩の解説までのせています。
この本は私の生涯の机上の友。
一度目を通したところは
朱線で引いておくが、すぐに忘れる。
ページをめくった時に
すぐにそこに目がいく。
何度も読み返し私は覚えたい。

山田《やまだ》 晶子《あきこ》さん（88歳・大阪府）

ぼけないようにと、
脳トレ本を持ってくる娘から
一枚のチラシを渡された。
「また、やらされるのか。」と正直うんざりした。
ところが「賞金付き!!」
88歳の婆の心に突然やる気が溢《あふ》れてきた。
「チャンスは逃がしたらあかん。」
脳トレで鍛えた脳の出番がやっときた。
脳に拍車をかけて賞に向け文を書く毎日。
「婆に夢をありがとう。」
生涯で一度、この手で賞をつかんで、
子や孫達を旅行に招待したい。
楽しみだなあ。ファイト!!

吉永 俊之さん（77歳・大分県）

村を荒らす猪《いのしし》鹿狸《たぬき》他に告ぐ。
昔は訳あって里に下りて来たが
近頃はどうだ。老人だけとなったのを
知っての狼藉《ろうぜき》か。とすれば許せぬ。
土に負担をかけぬようにと
機械化も化学肥料も抑え耕し育てた作物が
我々にいのちを与えその一部を目こぼしして
お前たちにも頒《わ》けていたつもりだ。
人間の増長は措《お》く。
しかし現今のお前たちのそれは目に余る。
寄生は止《よ》せ。相利、共生の昔を思え。
日出でて作し日入りて憩う
農夫の〝与生〟の願いと頼みを
生きとし生けるものに一言。

吉見一彦さん（86歳・神奈川県）

右手にナイフを持ち
左手にフォークを持ち、
ステェーキを、くちに入れた。
パクーと美味《うま》い!!　ここで目がさめた。
夢だった。秋の夜の夢だった。
小生は経管栄養を胃ろうチーブで
滴下して生存している者です。
くちから食したい。
くちから食しゴクンと味わい、
えん下したい。
一言主神社の神様
私の願いを叶えて下され!!

愿山《よしやま》諒《りょう》さん（8歳・愛知県）

ぼくはよくため息をつく。
お母さんはいつも「ため息ばかりつくと
幸せがにげていくよ！」と言う。
でもぼくは知っている。
ため息はね嫌な時につくだけじゃなくて、
うれしい時や、感動した時、
やりきった時にもつくことを。
だからぼくはこれからも、
えんりょなくため息をつこうと思う。
そしてぼくの願いは、
世界中の人達のため息が、
嫌なため息じゃなくて、
良いため息になること。そしたら、
きっとみんな幸せになると思うから。

我妻《わがつま》 幸男《ゆきお》さん（86歳・神奈川県）

私は高所恐怖症である。
吊《つ》り橋、塔、高層ビルすべて駄目である。
私は八十六才である。
そこで心配な事がある。
近い将来死亡した時、
何かの手違いで
天国に行ったらどうしよう。
未来永劫《えいごう》高所の恐怖に
戦《おのの》かねばならない。
さりとて地獄は尚嫌《なお》だし。
何かいい方法はないものでしょうか。
ああ。

渡部《わたなべ》 秀治《しゅうじ》さん（62歳・兵庫県）

「疲れた、各自」とラインが入る。
息子二人は、家を出ている。
新婚さんのように二人暮らしだ。
各自とは、晩ご飯のことだ。
了解と返信する。
絵文字が飛び跳ねて返ってくる。
神様、62才の僕に
料理を教えてください。

渡邉　みよ子さん（93歳・静岡県）

娘は手ぬぐいでマスクを作った。
完成すると、ひ孫がなすと、きゅうりの
模様があるマスクを着けてくれた。
終戦後山間地の農家へ嫁ぎ、
手ぬぐいをかむり野良仕事や、
野菜が一杯入った籠を背負い
提灯《ちょうちん》の灯りを頼りに
峠の道を歩き商いにも行った。
なすが一つ五円。きゅうりが五本で拾円。
三角パンが子供達への土産。
昔の事を思い出し、娘の作った野菜を食べて
もう少し「生きたいな。」と思った。
コロナ禍での一日であった。

◉「一言《ひとこと》の願い」は一言主《ひとことぬし》神社にちなんで

毎年、万の単位で寄せられるはがきに私たちが魅了されて已《や》まないのは、そこに書かれた願いごとに書き手の人生や家族、仕事、夢が鮮やかに映りこんでいるからです。願いごとというのは誰しもにとって、人生の伴走者なのかもしれません。

なぜ、願いごとなのか。コンクールのテーマを願いごとと決めたのは、宛先の郵便名柄館から程近くに、千数百年もの歴史を持つ一言主神社（葛城《かつらぎ》一言主《ひとことぬし》神社）があるからでした。この神社は一言の願いなら何でも叶《かな》えてくれると信じられ、「一言《いちごん》さん」の呼び名で慕われています。

この「一言の」が多くの人を惹《ひ》きつけるようで、コンクールにも「『一言の願い』というテーマに惹かれて応募した」というお声が多く寄せられます。秘めた願いを書いてくださいとか、唯一の願いを書いてください――と言われても、困ってしまう

願いごとの成就を伊藤宮司に祈禱していただきます。翌年「願いが叶いました!」と、お電話やはがきをいただくこともあります。

かもしれません。「一言の願い」だから、親しい誰かの耳元でささやくように、打ち明けることができるのでしょう。

葛城一言主神社は『古事記』にも『日本書紀』にもその由緒が見られる、全国の一言主神社の総本社。境内で凛々《りり》しく本殿を見据える雄略《ゆうりやく》天皇は（像は二〇一九年、加藤巍山作）、記紀に一言主大神がそっくりの姿で現れたと書かれ、また『万葉集』が一番歌としてその歌を収める存在です。

応募はがきには「一言主の神様へ」と記されたはがきが多くあるので、それらを選り分けて、一言主神社の宮司、伊藤明さんに祈禱《きとう》していただいています。また、表彰式の式典後、郵便名柄館でのしばしの憩いの時間を経て、多くの受賞者と同伴のみなさんは一言主神社に詣でます。表彰式を催す十一月は、樹齢千二百年の大イチョウがそれは見事に色づいて、きらきら輝きながら、参拝者を迎えてくれるのです。

葛城一言主神社HP
http://www.hitokotonushi.or.jp

樹齢1200年の大イチョウは「乳銀杏」「宿り木」の別名を持ちます。この木に祈ると乳の出がよくなる、あるいは、子を授かると信じられているそうです。

◉協力・後援・協賛会社について

はがきの名文コンクールは「はがきを書き送る行為を文化と捉え、その文化を広く維持し、将来に引き継いでいくこと」を目的として運営する運動体です。コンクールという場を設けて、はがきを書く機会、書かれたはがきを読む機会、はがきが運ばれて届けられる道筋に思いを馳せる機会を多くの方々と共有することを目指しています。

第８回コンクールも、第７回と同様に「コロナ禍」と言われる難しい状況にあったにもかかわらず、右の趣旨に賛同してくださる企業、組織のご支援によって開催できました。

協力、後援、協賛してくださった会社、組織に深く感謝しつつ、左の頁にそのお名前を列記します。

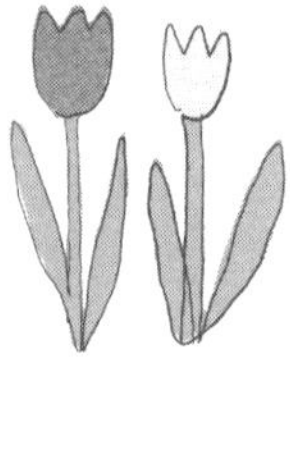

協力・後援・協賛会社一覧

●協力＝ 日本郵便株式会社　奈良県御所市

●後援＝ 文部科学省　総務省　朝日新聞社

●特別協賛＝ 株式会社エコリカ　DyDo
DNP 大日本印刷　東京書籍
TOKIWA トキワ印刷株式会社
TOPPAN　JP POST 日本郵便

●協賛＝ 新生紙パルプ商事株式会社　ナント・なら・ずっと！ NANTO 南都銀行
OVOL 日本紙パルプ商事株式会社
日本語検定委員会　日本製紙株式会社
Benefit one　HOKUETSU 北越コーポレーション株式会社
Going Beyond Conventional Thinking popal 株式会社ポパル　MITSUBISHI PAPER MILLS LIMITED 三菱製紙株式会社

●主催＝ はがきの名文コンクール実行委員会

◉「第9回　はがきの名文コンクール」を開催します。

令和五（二〇二三）年、第9回はがきの名文コンクールを実施します。

募集要項は次の通りです。

テーマ　**一言《ひとこと》の願い**　※第4回コンクールからこのテーマが定番となりました。

応募方法　はがきに20字以上200字以内の日本語の文章で願い事を綴《つづ》って、左の宛先に送ってください。

一枚のはがきに一つの願い事を作文してください。書き方は自由です。

差出人の名前、住所、年齢の記載を忘れずに。

はがき読解の助けになるので、できれば性別も記載してください。

個人情報は主催者が厳重に管理します。

はがきは63円。料金不足は失格になりますから気をつけてください。

宛先　〒639-2321　奈良県御所《ごせ》市名柄《ながら》326-1
郵便名柄館「はがきの名文コンクール」行

応募締切　二〇二三年九月五日（当日消印有効）

表彰　大賞　一名　賞金一〇〇万円
選考委員賞　三名　賞金一〇万円
日本郵便大賞　一〇名　ふるさと小包・毎月一回一年間贈呈
郵便名柄館賞　一〇名　御所市の名産品セット贈呈

選考委員　五木寛之（作家）／村山由佳（作家）／齋藤　孝（教育学者・明治大学教授）

なお、応募はがきはお返ししません。また、ご応募いただいた作品の著作権（著作権法27、28条の権利を含む）は、はがきの名文コンクール実行委員会に属します。応募は未発表の作品に限り、既に発表されている作品は、選考対象外とします。また、作品を出版物等に掲載する時、同実行委員会が、文面を整えることがあります。

あなたのはがきをお待ちしています。

◉Q＆A

過去8回のコンクールで多く寄せられた質問とその答えです。

Q1　何を書けばいいですか?

A　第9回はがきの名文コンクールのテーマは、第4回から続く「一言の願い」です。20字以上200字以内の日本語の文章で、一枚のはがきに一つの願いごとを書いてください。あなたの胸の中にある願いごとであれば、どんな願いであってもいいのです。日本語の一部であれば、算用数字、ローマ数字、アルファベットの使用は可能です。手書き、その際の筆記用具、パソコン入力、印刷など、書き方は問いません。写真や絵があってもいいのですが、選考の対象にはなりません。

Q2　応募資格は?

A　年齢も性別も職業も問いません。ご自身の願いを書いたはがきを投函すれば、どなたでも応募できます。もし、差出人の実名を書けない事情があれば、ペンネームでも受け付けます。ただし、受賞された場合は差出人欄に書かれた名前宛てに受賞をお知らせする封書を送りますので、受け取れるように図ってください。住所に「○○方」と表札の名字を記載することも一つの方法です。

Q3　句読点は字数に含まれますか？

A　表現の仕方によって、句読点の有無は異なるので、句読点は数えません。ただ、「」や！？といった記号はそれぞれ一字に数えます。「」であれば、「で一字、」で一字です。!?と横に二つ並んでいれば、これを一字と数えます。…は三点で一字を目安にしています。

Q4　数字は、字数としてどう数えますか？

A　数字はそれぞれ一字と数えます。縦書きでも横書きでも100は三字、1000は四字。漢字を使うと100は百、1000は千でどちらも一字です。また25000は五字ですが、二万五千なら四字です。字数が心配な場合は漢字をうまく使って書いてください。

Q5　海外から応募できますか？

A　海外からの応募も大歓迎です。ただ、切手代金が国内とは異なり、応募される方の負担となることをご了承ください。サイズは国際郵便はがきに準じてください。

Q6　受け付けるのは郵便はがきのみですか？

A　私製はがきに63円分の切手を貼って投函しても結構です。国内郵便の場合は63円切手で送ることができるサイズを目安にしてください。63円で郵送できない変形のはがきは選考の対象にならない場合があります。また、便せんや折り畳み状のカードに書かれた作品は、字数が規定通りであっても選考の対象になりません。お気をつけください。

Q7　応募は一枚のみですか？

A　何枚応募されても結構です。ただし、一枚のはがきに一つの願いごとをお書きください。複数枚をまとめて封筒でお送りくださっても受け付けます。学校やクラブなどの組織単位で相当数にまとめたはがきを封書で送ってくださっても受け付けます。一枚ずつ差出人情報を記載することをお忘れなく。

Q8　受賞するのはどんな作品ですか？
A　選考は、二つの点をものさしとして行なわれます。
①願いごとの内容＝感動的な願い、ユニークな願い、共感を呼ぶ願いなど、願いごとの内容が読み手にどう訴えるかと考えながら選びます。
②願いごとの書き方＝言葉のセンス、文章の美しさ、味わい、独創性など、書き方について注意して選びます。

Q9　はがきを投函した後で間違いに気づきました。訂正をお願いできますか？
A　非常にたくさんの応募をいただくため、該当するはがきを見つけ出すのは困難です。できれば、同じ作品をもう一度書いてお送りください。

Q10　受賞作はいつ、どうやってわかりますか？
A　最終選考会は十月中旬までに開催する予定です。受賞作が決まったら、まず受賞者にのみ差出人欄の住所宛てに郵便で通知します。受賞者が確定しましたら、受賞作について秋から初冬までの間に、朝日新聞紙面にてご報告できるよう準備を進めています。また、同じ頃にホームページでもご紹介します。

はがきを原稿用紙に！ 切って貼ってお使いください。

キリトリ線

この面を切り取ってはがきに貼ると、200字のマス目になります。

校正　神谷陽子
編集協力　向坂好生
DTP　天龍社

はがきの名文コンクール
第8回優秀作品　はがき万葉集

二〇二三年七月十五日　第一刷発行

編著者　はがきの名文コンクール実行委員会
発行者　松本浩司
発行所　NHK出版
〒一五〇−〇〇四二　東京都渋谷区宇田川町十−三
電話　〇五七〇−〇〇九−三二一（問い合わせ）
〇五七〇−〇〇〇−三二一（注文）
ホームページ　https://www.nhk-book.co.jp
印刷・製本　凸版印刷
Printed in Japan　ISBN978-4-14-005737-7　C0092

「はがきの木」とも言われる多羅葉

お問い合わせ
はがきの名文コンクール実行委員会
03-5213-4893

2023年7月14日から電話開通
ただし、平日10時～16時（日祝を除く）、2023年9月6日までの受付となります。

https://www.hagaki-meibun.or.jp
上記ホームページのコンタクトフォームもお使いください。
「よくいただくご質問」と回答も掲載しています。